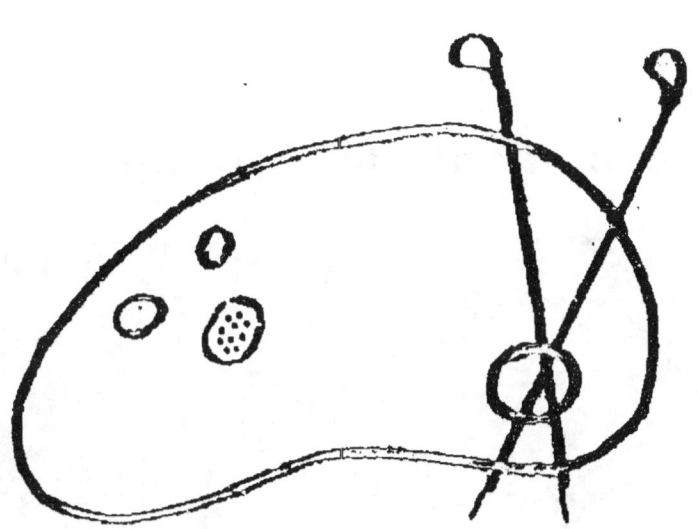

Couvertures supérieure et inférieure
en couleur

Jean de Tinan

Aimienne

ou

Le Détournement de Mineure

Roman

Édition du Mercure de France
XV, rue de l'Échaudé

AIMIENNE

ou

le détournement de mineure

DU MÊME AUTEUR

296

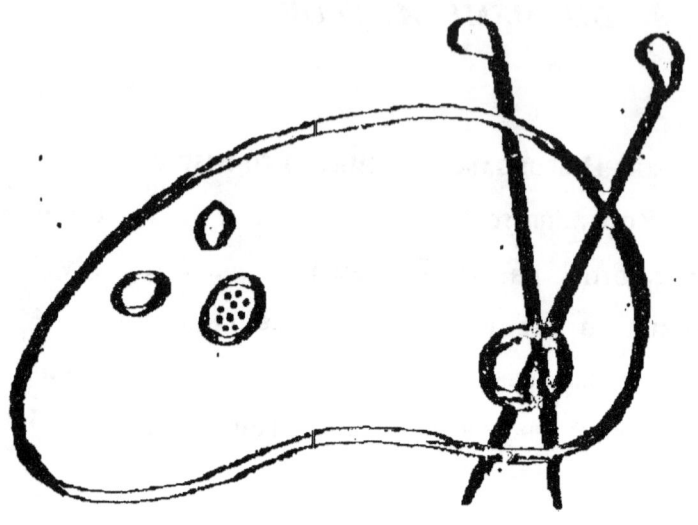

Original en couleur

NF Z 43-120-8

JEAN DE TINAN

—

Aimienne

ou

le détournement de mineure

— ROMAN —

PORTRAIT DE L'AUTEUR
D'APRÈS UNE LITHOGRAPHIE D'HENRY BATAILLE
COUVERTURE EN LITHOGRAPHIE DE MAXIME DETHOMAS

Deuxième édition.

PARIS

SOCIÉTE DV MERCVRE DE FRANCE

XV, RVE DE L'ÉCHAVDÉ-SAINT-GERMAIN, XV

—

M DCCC XCIX

IL A ÉTÉ TIRÉ DE CET OUVRAGE:

Trois exemplaires
sur japon impérial, numérotés de 1 à 3,
douze exemplaires
sur hollande, numérotés de 4 à 15,
Vingt-cinq exemplaires sur chine, numérotés
de A à Z (hors commerce).

JUSTIFICATION DU TIRAGE:

1,416

Je présente aux lecteurs, avec une tristesse infi-
nie, le dernier roman de Jean de Tinan.

Ceux qui suivaient, depuis quelques années, les
chroniques légères et hâtives qu'il écrivait çà et là
s'imaginent sans doute connaître le caractère et les
limites de son talent. Ils ne les soupçonnent même
pas. C'est ici qu'ils les jugeront.

Le roman qu'on va lire, et qui clôt l'œuvre d'un
enfant mis en terre à vingt-quatre ans, devait
inaugurer une vie d'homme. Jean de Tinan s'y
révèle tout entier, avec son originalité intense, ses
dons d'observation exacte, d'expression brève et de
style scrupuleusement dépouillé. Il y donne la me-

sure de sa force. Il y expose ses théories, en vue d'une longue série de romans qui sont à jamais perdus pour notre littérature.

Nous ne demandons pas à ceux qui ne l'ont point connu de pleurer avec nous un ami dont personne n'a pris la place au milieu de nos réunions; mais nous voudrions qu'on lût ce livre avec admiration et avec pitié.

P. L.

JE DÉDIE

CETTE PETITE HISTOIRE SENTIMENTALE

A MOM AMI

MAXIME DETHOMAS

EN TÉMOIGNAGE

DE MA PROFONDE AFFECTION

T.

Vallée de Navarreux
Janvier 97.

HIC, QUOS DURUS AMOR

« Là, ceux qu'un impitoya-
ble amour fait périr en une
langueur cruelle vont cachés
dans les allées mystérieuses,
et la forêt des myrtes étend
son ombrage alentour.... »

PREMIÈRE PARTIE

CHAPITRE PREMIER

I

—- Harry, dit-il au barman, voulez-vous me passer du feu, s'il vous plaît... Merci.

Raoul de Vallonges s'accouda, et considéra, assise en face de lui, cette petite poupée d'Andrée de Stenta qui semblait fort excitée par quelque aventure.

— Non! mais crois-tu que je vais la laisser m'acheter, ma chère!.. Ça serait vraiment malheureux!.. D'ailleurs, tu as vu ce matin l'écho du *Gil Blas*... Ça n'est pas du tout comme ça que ça s'est passé. Mais elle doit être salement vexée tout de même!..

— Excellente notation psychologique!.. pensa Vallonges.

— Une femme qui vivait sur moi, ma chère!..

Vallonges se dispensa d'écouter la suite du béchage.

La petite frimousse rose d'Andrée de Stenta était tout animée d'indignation. D'un geste machinal et gracieux, elle relevait par instants une boucle blonde échappée.

— Elle n'est pas jolie, pensa Vallonges, mais elle sait agir avec la même désinvolture que si elle l'était... c'est l'essentiel...

Vallonges se fût permis d'être assez satisfait de cette réflexion s'il ne s'était aussitôt souvenu d'où elle venait.

L'orchestre attaqua une valse éminemment brillante.

Vallonges se laissa aller à suivre le rythme.

— Tra, la, la la, la la,... Tra, la, la la, la la,... la voilà bien, la musique qu'il nous faut...

« Tiens !.. voici Jane de Serby... cette jeune personne me plaît infiniment... elle a un petit air transparent qui... seulement... Tra, la, la la, la la,... je suis beaucoup trop « phidèle » à Odette pour prendre aucun plaisir à... à avoir même l'intention de... de me faire des concessions... — Tra, la, la la... fidélité garantie, et sans douleur... Il y a même une jolie phrase dix-huitième... *Une de mes tristesses est de penser que je ne pourrai jamais te faire un sacrifice!...* Je la replacerai... Mais ce que cela dure, ce stupide voyage!!.. »

—

Je vais vous renseigner tout de suite officiellement sur la situation sentimentale du sympathique héros du roman que vous me faites l'honneur de lire.

Il a une maîtresse — Odette Laurent...

Et, comme elle fait en somme assez bien son affaire, s'habille bien, sourit bien,... bien, et... bien — il y tient. Il sentimentalise à son sujet aussi sincèrement que vous et moi au sujet des nôtres, et... c'est précisément en lisant ce roman que vous pouvez apprendre ce qui va arriver de tout cela...

D'ailleurs, comme Vallonges vient de le dire, Odette voyage en ce moment, en compagnie de son légitime époux Georges Laurent. Mais elle figurera dans ce roman, sans cesse, par des *rappels de ton*... Nous nous doutons bien que Vallonges exagérera volontiers en *songeant* à elle... mais nous ferons semblant de ne pas nous en apercevoir... C'est un amour comme tous les amours...

—

Vallonges calcula que Madame Laurent ne reviendrait pas avant trois semaines...

Depuis onze jours qu'elle était partie — il les comptait — il comprenait mieux (il le sentait bien!) que depuis les quelques mois de pur bonheur qu'ils avaient déjà imbibés d'extase ensemble, combien profondément... Ah! ah!.. ah!

Il s'apercevait aussi que... elle n'était pas libre. Que... elle avait un mari. Que... Et il s'attendrissait bien pieusement sur leur pauvre amour gêné. (Vous le voyez d'ici : mélancolique, amer, et doux).

Il ne prétendait pas que ces particularités fussent exceptionnelles, ni absolument insupportables, mais elles ne l'en touchaient pas moins plus directement que d'ordinaire, et c'était parce que les *cinq à sept*, depuis le départ d'Odette, étaient nn peu pénibles à passer que Vallonges avait repris l'habitude de venir souvent « *boire un verre* », avant dîner, au *Palais de Glace...*

Retrouver quelques camarades, — échanger quelques phrases prévues, —voir sourire de jolies personnes qui s'y appliquent... et oublier un peu qu'à cette heure-là sa chère petite Odette (chère petite Odette!!) aurait dû, raisonnablement, bavarder, cheveux blonds dénoués, dans le grand lit du 5 rue de l'Université (à l'entresol, la porte à gauche, au fond de la cour — ça donne sur des jardins...), au lieu de circuler en Italie — comme c'était nécessaire! — en compagnie de son légitime époux Georges Laurent, ingénieur des Arts et Manufactures, et d'ailleurs charmant garçon... mais que Vallonges, tous les jours, trouvait vraiment importun...

— Sans compter que ça doit l'exciter, l'Italie! cet imbécile!.. Le Tombeau des Scaliger — ça doit lui donner des idées... et les gondoles! Mais je me promets un de ces five o'clock de réouverture!..

« Odette!.. Elle aurait bien pu m'emmener, au moins, au lieu de me laisser à Paris, tout seul, na !.. exposé aux pires tentations !.. Je n'y succomberai pas, aux tentations, et je n'aurai aucun mérite... parce qu'elles ne me tentent pas, mais...

« Elle est si gentille !.. Elle est si gentille !.. Elle est si gentille !.. »

L'orchestre cessa.

Vallonges se retourna vers son xérès.

Un jeune homme poli et blond, un peu corpulent déjà, lui toucha l'épaule.

II

— Bonjour, mon cher Raoul de Vallonges...

— Tiens, c'est vous, Sainties. Ça va ? Vous venez d'Auteuil ?

— Comme vous voyez, répondit le jeune homme poli et blond en balançant sa lorgnette au bout de la courroie. Infect, mon cher ! c'est honteux ! Figurez-vous que dans le prix des Trois-Etangs, avec Rosirine... Mais... je vous demande pardon si je vous quitte un instant... J'aperçois Diane de Pierrefonds et je...

— Faites donc ! Faites donc !...

Vallonges le regarda s'éloigner :

— Diane de Pierrefonds !... Elles ont tout de même vraiment le chic pour arborer des noms pas voyants... Elles ont parfaitement raison d'ailleurs... L'essentiel, dans la profession, est de se faire remarquer d'une façon quelconque... Il y a le théâtre... Il y a le suicide... Il y a les procès... Ça vous aimante — et il se trouve toujours des gigolos perspicaces pour vous *choisir*... après...

« Cette petite Serby est vraiment gracieuse comme tout... elle doit être *amusante à défaire*, comme un sac de bonbons joliment ficelé...

« Ah ! Odette ! Odette ! adorable Odette !... Pour quoi vas-tu te ballader à Venise... avec arrêts à Pise, Florence, Milan, etc... Buffets !... et retour par les diverses vallées si pittoresques du Tyrol !... comme c'est malin, ces voyages-là !... comme c'est bien une idée à Laurent... Il va rapporter des photographies... bien sûr ! des photographies stéréoscopiques !... »

L'orchestre reprit.

Vallonges fit le tour du promenoir.

Il y avait peu de monde sur la piste.

Vallonges regarda patiner quelques femmes ; il admira une fois de plus ce sourire joliment peiné qu'elles ont toutes, lorsque leur cavalier les mène un peu trop fort. L'une d'elles se grisait à valser toute seule, entraînant la lourde volute doublée de soie tendre d'une jupe de drap noir *allant* délicieusement aux hanches. Vallonges s'arrêta pour la regarder...

On distinguait à peine le visage aux traits fins sous la voilette de dentelles ; les cheveux clairs, sous un béret de velours améthyste, près du col vert nil un peu haut, étaient d'une teinte émouvante et soyeuse...

— Il y a des femmes, pensa Vallonges, auxquelles on donnerait de la meilleure tendresse sans avoir même eu le temps de se demander si elles ont de quoi la rendre durable...

Il aurait certainement, de là, pensé à Odette Laurent... si malencontreusement circulante en Italie... mais on lui toucha l'épaule. En se retournant il retrouva Maurice Sainties.

— Je vous demande pardon de vous avoir quitté

comme cela tout à l'heure...

— Mais non ! mais non !...

— C'est charmant le *Palais de Glace* à cette heure-ci, n'est-ce pas ?... c'est véritablement le rendez-vous de...

— Charmant !...

— Et puis il y a le...

— Oh tout à fait !

— N'est-ce pas !

La conversation tomba un peu.

— Ah, mon cher, reprit Sainties, je vous disais que Rosirine... Pardon... Pourriez-vous me dire quelle heure il est?

— Six heures moins dix...

— Je vous remercie... Figurez-vous donc que l'on m'avait dit le matin... Oh ! quelle est donc cette jolie personne... là-bas... vous voyez... en rouge... qui parle à ce monsieur décoré, avec toute sa barbe...

— C'est Luce de Percival...

— Ah ! vraiment ! c'est elle qui... Il me semblait bien la reconnaître... Eh bien donc, mon cher, on m'assure que Rosirine... Et cette personne... là...

vous voyez... avec une ceinture dorée et un chapeau...

— C'est Denise Douni.

— Ah ! je vous remercie ! Je vous demande pardon !... On me dit donc le matin que sur la distance du Prix des Trois-Etangs...Mais n'est-ce pas
Yvonne Emerence qui entre là-bas... Oh! mon
cher ami... je vous demande pardon...Je suis obligé de vous quitter encore un instant... Il faut
que je dise à Mademoiselle Yvonne Emerence...

———

Vallonges se retourna vers la glace.

La jolie patineuse s'amusait toujours à ses cour-
bes. Sur ses chevilles minces elle semblait un
bibelot fragile, fragile... Elle passa près de lui.
Il vit à travers la voilette la bouche humide et l'é-
clat frais des dents dans un vague sourire...

Il la suivit des yeux...

Deux jeunes gens l'interrompirent... Paul de
Marbaix, un camarade de quelque part, tenait à
lui présenter son ami Mathéo de Ujarez...

— Monsieur... enchanté...

Il se promena un peu avec eux. On parla de

quelque chose qui passionnait tout Paris. Vallonges trouva bientôt le petit Brésilien, avec son œil noir et blanc et sa moustache en croc, si insupportable qu'il emprunta pour s'évader l'éternelle phrase de Sainties...

— Je vous demande pardon de vous quitter, mais j'aperçois Suzette Pradier qui...

Il rejoignit Suzette au bar.

III

Raoul de Vallonges et Suzette Pradier étaient très bons amis.

Ils avaient été plus intimes. C'était presque « pour lui » qu'elle avait quitté autrefois le magasin de Modes — *Madame Chéris. Modes* — où, avec son sourire gai, l'ébouriffement de ses admirables cheveux dorés, dans ses robes de laine noire toutes simples et le classique ruban grenat au cou, elle représentait bien la plus plaisante petite modiste que l'on pût voir...

C'était l'époque jeune et bénie où, souvent, des

nécessités pécuniaires pressantes faisaient entre-
prendre à Vallonges, à Gérard de Kerante, à
Welker, à Pierre Lionel Silvande, auxquels parents
ou tuteurs étaient sévères, d'économiques pèleri-
nages vers la forêt de Fontainebleau et les vertes
rives du Loing.

On s'installait ensemble. Kerante buvait des
quinquinas en se préoccupant de trouver des titres
adéquats aux romans qu'il avait l'intention d'écrire,
et des épigraphes... Welker étonnait par des arguments érudits, et les notait à mesure... P. L. Silvande étalait la plus exubérante sérénité — mais
savait par cœur tant de vers du père Hugo que
Kerante affirmait qu'il y en avait au moins la moitié de Mendès... Tout le monde avait vingt ans
avec quelque insouciance... Les douces compa-
gnes du moment ne faisaient pas trop de manières
— à moins qu'elles ne fussent parfaitement odieu-
ses... mais en tous cas on riait du matin au soir...
(Ces temps heureux sont plus révolus qu'on ne
pense.)

—

Pendant tout un mois, à Montigny (Seine-et-
Marne), Suzette avait enchanté Vallonges, qui l'y

entretenait sur le pied modeste de cinq francs par jour (café compris), de la perfection de ses épaules et de sa nuque frêle, de la spontanéité de ses caresses, de sa gaîté inaltérable et communicative...

Elle avait amusé toute la bande de son esprit gavroche, et, à leur contact, avait pris certaines délicatesses.

Sans s'*aimer* (est-ce qu'on s'aime!), Vallonges et elle s'entendaient à merveille. Il avait vraiment fallu, peu de temps après le retour à Paris, qu'un *Monsieur* tout à fait *sérieux* lui fît des offres tout à fait avantageuses, et qu'en même temps, Vallonges s'excitât, stupidement, sur cette blonde et bête Madame Crecenzi dont après trois mois de cour il eut assez au bout de trois séances (et qui fut si malheureusement étranglée depuis par un mari subitement jaloux), pour que cette jolie passade se terminât si rapidement...

Au moins se termina-t-elle presque sans scènes, et se gardèrent-ils beaucoup de tendresse...

——

Suzette était trop intelligente, n'eût-elle pas été si ravissante, pour ne pas faire son chemin très vite.

Elle décrocha en quelques éclats de rire les rangs

3

de perles, le coupé et le petit hôtel qui sont, comme chacun sait, les étapes du triomphe du vice, et elle put demander ses airs préférés aux tziganes.

Sa beauté était toute prête à s'ajouter l'attrait du luxe. Elle plut à beaucoup, sut choisir entre eux, et sut empêcher, d'une blague, qu'aucune adoration ne devînt gênante.... Prenant d'ailleurs plutôt du plaisir à certaines obligations de sa situation, Suzette était très satisfaite de son sort.

Voilà Suzette présentée.

J'ajouterai qu'elle avait un grain de beauté au-dessus de la hanche droite. (Beaucoup de gens savent cela.... et il convient que j'aie l'air renseigné.)

IV

— Raoul !

— Bonjour, jolie Madame...

— Qu'est-ce que tu deviens ?... on ne te voit plus... on ne te laisse plus sortir ?...

— Mais je te demande pardon... j'ai des jours de sortie.... La preuve, c'est que je t'ai vue l'autre jeudi à Auteuil.

— C'est pas vrai !

— Sauf erreur. Tu étais tout en chinchilla, avec une jupe de velours gris foncé garnie de deux bandes de chinchilla, et puis un manchon de chinchilla, et puis une toque de velours gris à plumes grises bordée de chinchilla... et une ceinture de turquoises. Est-ce décrit, cette toilette-là ?...

— Très exact. J'étais bien ?

— Idéale !

— Allons, tant mieux. Tu aurais bien pu venir me dire bonjour...

— J'étais très occupé... toi aussi.

— Sale bête ! Et à part ça ?...

— Rien. La vie est douce. Ton chinchilla m'a porté bonheur... J'ai touché Orthez III à des tas contre un...

— Tu as touché Orthez III, toi ! pas possible !...

— Comme j'ai l'honneur de te le dire... Je m'étais trompé de numéro à l'affichage... on ne peut plus toucher un cheval que comme cela... Heureusement j'avais pris gagnant et placé, je ne sais pas pourquoi, et le cheval que je croyais avoir est arrivé à la place, alors j'ai constaté.... Orthez III ou l'heureuse erreur !... et j'ai été fièrement rue Royale le lendemain...

— Tu en as une veine, toi !...

—Je ne me plains pas. Prends donc un verre avec moi...

— C'est que j'attends Emilio...

—Je n'y vois pas d'inconvénient... attendons Emilio. Je veux bien. C'est peut-être un noble étranger, ton Emilio? — Qu'est-ce que tu prends?... Harry !...

— Oui. Il est de là-bas. — Un porto blanc ! — Il est gentil comme tout d'ailleurs... Il a un petit zézaiement qui fait mon bonheur... et des cheveux tout bleus...

— Dis donc, Suzu, tu pourrais épargner à ma jalousie la description de tes amants....Tu l'aimes, ton Emilio... avoue-le !

— Ah !... absolument !

— Tu ferais beaucoup mieux d'évoquer les beaux souvenirs qui nous sont chers et communs à tous deux...

— C'est vrai qu'on ne s'embêtait pas... Ils vont bien les autres?

— Ils né vont pas mal, merci...

(Léger silence).

— Hein... Raoul ! Quand tu venais me chercher le soir, au coin de la rue du Quatre Septembre... Tu te souviens....

— Si je me souviens !... Tu avais des petites robes de laine et des rubans rouges autour du cou... je te vois encore, Suzu ! Tu étais joliment plus mignonne que dans tout ton chinchilla...

— Ça, c'est pas vrai. Et puis d'ailleurs, j'en ai assez de mon chinchilla, je vais me faire faire une jaquette en breitschwanz... Je n'ai jamais été mieux que maintenant...

— Euh !... tu as engraissé. Ah Suzu ! tu avais des petites épaules minces dans ce temps-là...

— Oh, Raoul !... Etais-tu assez assommant à toujours m'embrasser les épaules !... ça me cuisait à la fin... Mais non, je t'assure... C'est bien plus confortable maintenant... Il y a longtemps que tu n'as été à Montigny ?...

— J'y ai été la semaine dernière pour voir Silvande qui corrigeait des épreuves là-bas... Il revient ce soir...

— Qu'est-ce qu'il a fait, P.-L....?

— Des vers sur le soleil... Je suis reparti le lendemain parce que sa Lydie m'ennuie trop...

— Ça m'amuserait de retourner là-bas... Dis

donc — et l'île ?

— Quelle île ?..

— Tu sais bien ! La petite île où Kerante nous avait plaqués tous les deux un jour de pêche... Il nous y a laissés cinq heures, le misérable !... Nous avons même été obligés, pour passer le temps, de faire un tas de choses...

— Si je me souviens ! mon Suzu !... — L'île.... elle était inondée, l'île... au mois de décembre, tu comprends.

— Ah, flûte ! Tu aurais bien pu me dire que les arbres y étaient en fleurs, ç'aurait été bien plus gentil !.. Non, mais ! Tu la regardes, tu sais, Jane de Serby... Elle doit t'aller, celle-là... Monsieur aime les épaules frêles... Il est servi....

— Ne débine pas... elle est...

— Je ne débine pas... Elle est jolie comme tout. Avec ces grands yeux, elle a une petite figure toute pure... Surtout quand elle dit des obscénités... je ne sais pas si tu as remarqué...

— Suzu, ne sois pas rosse. Je n'ai d'ailleurs jamais eu l'honneur de causer avec....

— Ah ! Tu ne la connais pas ?... Monsieur en est seulement à la *vive impression* ... car tu y reviens depuis que nous sommes là, tu sais... Ne

t'attache pas, je t'en prie.,. Monsieur désire-t-il
que je fasse sa commission : « Ma chère Jane, vous
avez fait une vive impression sur un de mes amis...
c'est un jeune homme charmant, il a touché Orthez III... et a un goût marqué pour les jeunes personnes frêles »... Si tu veux, tu sais, en y mettant
le prix, tu l'auras...

— Est-ce une scène de jalousie, Madame ?

— Non, Monsieur ! Mais, pour une fois que nous
sommes ensemble tu pourrais regarder un peu de
mon côté...

Vallonges lui prit la main et la porta cérémo-
nieusement à ses lèvres...

— Oh ! très bien !.. Dis donc, Raoul, quand
viens-tu voir ma nouvelle installation, rue Brémontier ?

Elle se mit à rire. Vallonges garda sa main entre
les siennes...

— Dame ! Il faut bien que tu me dises si j'ai engraissé tant que cela...

Ils sourirent tous les deux. Suzette dit gentiment :

— Ça ne te ferait pas plaisir ?...

— —

Maurice Sainties vint les déranger :

— Je vous demande pardon, Raoul de Vallonges...
pouvez-vous me dire quelle heure il est?... je...

— Six heures et quart...

— Je vous remercie... J'ai rendez-vous chez
Henry, rue Volney, avec Bertie Desborough...
que vous connaissez, je crois... Je serais désolé
d'être... Oh ! pourriez-vous me dire quelle est
cette jolie personne qui passe là... avec un collet
de zibeline...

— Je ne saurais vous dire...

— C'est Renée Printemps, répondit Suzette.
« Tout y est frais et joli comme le nom lui-même
— *Au Printemps* »... Elle vend de l'amour... belles occasions... soldes de fin de saison... bien à
votre service...

— Ah ! Elle... Je vous remercie... Mais je vous
demande pardon... Il faut que je me sauve... Madame ! Mon cher Raoul de Vallonges !...

Il se dandina à travers la foule...

— Non, déclara Suzette, ce qu'il m'agace ce
gros pierrot-là ! Il est d'un pommadé... Oh ! mais

voilà Emilio, je te lâche !... Je vous demande pardon
si je vous quitte, reprit-elle en imitant Sainties,
mais j'aperçois là-bas...

Elle lui prit la main, et la serra très fort.

— Alors c'est convenu, dis, Raoul ! Tu m'écri-
ras un mot la veille. On dînera chez toi et on se
couchera de bonne heure... bientôt, s'pas !...

Vallonges répondit en se penchant vers elle :

— Tu es tout à fait jolie !

V

Vallonges s'accouda de nouveau au bar.

La salle s'était emplie tout à fait.

Au milieu des allées et venues Vallonges se sentit très bêtement seul et trouva bien d'insister sur
cette sensation.

Dans la grande glace en face de lui, au-dessous
de l'affiche du casino de Spa, il se vit fatigué et
terne, les paupières lourdes, un sourire anxieux
aux lèvres...

Il releva un peu sa cravate et soupira :

— Ah ! zut !

Vraiment cette absence d'Odette lui mettait du vague à l'âme...

Etait-ce bien à l'âme ?...

Enfin ça lui faisait le même effet que si ç'avait été à l'âme...

— Ah ! zut !...

Vraiment cette absence d'Odette lui mettait du vague à l'âme... « *Oh qu'il est cruel d'aimer lorsque l'on est séparé de l'être qu'on aime !...* » — Victor Hugo a fait cette curieuse observation dans *Han d'Islande*...

CHAPITRE SECOND

I

Vallonges vit entre les groupes la tête fine de Gérard de Kerante, mince, blond, la moustache un peu fauve aiguisée et retroussée, des airs impertinents de bretteur courbaturé...

Il arrivait en riant...

— Ah mon vieux, s'écria Kerante lorsqu'ils se furent rejoints, j'ai cru que je n'arriverais jamais... J'ai rencontré Sainties au coin des Champs-Elysées... Il ne voulait plus me lâcher. Il m'a fallu subir une histoire de pari de courses sur Rosirine... avec des termes techniques... Moi ça me fatigue ces choses-là... J'avais envie de m'asseoir sur le trottoir...

— Oui. Je sais. Il sort d'ici. Il m'a rasé pendant un quart d'heure...

— Ah ! Il est pur, celui-là, comme raseur !... Tu l'as rencontré, en soirée, dans une embrasure de fenêtre... hein ! Il s'attache et il ne vous lâche plus... c'est-à-dire... pardon... il s'excuse de « vous quitter un instant » et puis il revient... Il faut lui dire quel est ce monsieur « si distingué », là-bas, qui cause avec cette autre dame « si bien »... et puis le renseigner sur les antécédents de cet autre monsieur « si distingué », là-bas, qui cause avec cette autre dame « si bien »... Ah quel crampon ! Et à part ça, ça va ?

— Pas mal...

—... Et la famille donc ! Mais faut pas blaguer, on dîne très bien chez le père Sainties, et généralement on ne mange pas très bien chez les israélites... il y a un Pontet-Canet épatant... seulement ils ont tort d'écrire les noms des invités sur des cartonnages ornés de bottes d'asperge ou de pyramides de fruits en chromotypie... ils ont tort aussi de servir des *Suprême Pernot* avec le thé... enfin !

on ne peut pas tout avoir !...

— Tu as fini ?

— Non mais tu es bon, toi !... Il vient de me tenir dans un courant d'air à me parler de Rosirine...

— Et d'où viens-tu comme cela ?...

— Je viens de l'avenue de Messine... chez Madame Stolon... Il y avait là ton ancienne passion... Flossie aux yeux verts... de passage à Paris, avec un très joli chapeau. Il y avait Fernande, qui ne ferait pas mal de se marier... Il y avait Madame de Brébières qui veut inster en divorce... Je te raconterai cela... et Jacques Rolfe qui la conseille... Il y avait un sénateur très vilain... Il y avait le père Mauberets... il ne change pas, le digne homme !... Nous avons eu une admirable conversation tous les deux sur la corruption des mœurs... Il la déplore — moi pas. Je me suis même aperçu, en la poussant un peu, qu'il considérait Sodome et Gomorrhe comme deux célèbres volcans de la Palestine... quelle erreur !... Pour n'être pas en reste je lui ai insinué que l'on appellait le Dante « Alighieri » parce qu'il était né à Alger... J'espère qu'il répandra cette opinion dans le monde... Cet homme est inépuisable ! T'ai-je raconté que l'autre jour, comme la petite Marie-Louise... elle est charmante, cette petite... lui demandait des tuyaux sur le nommé Jules César, il lui a répondu que c'était un grand capitaine qui avait écrit un livre pour les élèves qui commençaient le latin... joli, n'est-ce pas ? Enfin !... — Il y avait aussi Simonne d'Omeure qui m'intéresse bien davantage... Seulement, si elle a, comme je voudrais me plaire à le croire, l'intention de couronner ma flamme avant l'Exposition, elle fera bien de se dépêcher, Simonne... Moi ça ne m'excite pas d'attendre, ça me fait mal, voilà tout... Voilà près de six mois que nous sommes en négociations sur ce sujet et que je lui tripote les doigts, ça commence à devenir ridicule... Elle n'agit pas honnêtement. Heureusement que je m'occupe en attendant... Elle m'écrit deux fois par semaine qu'elle ne m'écrira plus... tout ça c'est des timbres-poste inutiles... Je crois qu'elle croit que je pense à elle quand elle n'est pas là, la chère enfant... — J'ai beau lui répéter qu'il n'en est rien... elle ne me croit pas, et cela lui suffit. Cette Simonne... Autrefois, quand nous étions petits, on jouait ensemble aux Champs-Elysées... je l'appelais Simonne. Plus tard je l'ai appelée Mademoiselle. Maintenant je l'appelle Madame. Est-ce que je l'appellerai de nouveau Simonne... en jouant ensemble ?... Il n'y a sur la terre qu'une seule femme qui résiste, et c'est juste sur ce flirt-là que je suis tombé... Je ne peux pourtant pas l'assassiner pour qu'elle ne me résiste pas... Enfin ! Te voilà renseigné !...

— Tu prends un verre, bavard ?

— Tiens parbleu !... Seulement, mon petit Vallonges, il fait trop chaud ici... J'ai une pelisse... Asseyons-nous à une table au bord de la piste. Je suis éreinté d'ailleurs... j'ai mal dans le dos... je ne tiens pas debout...

—

Ils s'assirent à une petite table que Kerante déclara bien située...

— Un xérès, commanda Vallonges.

— Moi, dit Kerante, attendez... je suis si fatigué... donnez-moi donc un verre de *Vin Mariani*...

— « *Qui boit de la coca* »...

— « *Les vertus d'un coq a.* »... Tu devrais t'y mettre, au *Vin Mariani*, toi, Vallonges... Ça te ferait du bien... c'est excellent... je t'assure... Je fais de la publicité par reconnaissance... Si je n'avais pas ça pour me faire aller, souvent... — Dieu, que je suis fatigué... Ah! que je te raconte...

(Je ne sais si vous vous apercevez que notre ami Gérard de Kerante a volontiers la parole facile...)

—... Que je te raconte!.. Faut te dire, mon cher... hier soir nous avons été au *Moulin de la Galette* avec Welker... c'est un endroit charmant... on y danse sans principes, mais avec entrain... et puis ça a l'air d'un dessin de Steinlen... Nous allions filer... mais voilà-t-il pas qu'un des cipaux vient me trouver et me confie d'un air mystérieux qu'il y a « une dame » qui me « trouve très bien ». C'était la première fois qu'on me faisait faire une déclaration par un garde municipal... — Welker se tordait. Le mieux, mon cher, c'est que la « dame » en question était délicieuse... dans son genre. Toute gosse... (« *La puberté n'était encor que dans son cœur* », comme dit l'autre)... avec une frange sur le front et des grands yeux en braise... un gentil petit museau de toutou. Il faut savoir rendre hommage en tous lieux aux manifestations de l'éternelle Beauté... même lorsqu'on la rencontre en jersey et en cheveux... j'ai emmené la gigolette... — Welker était furieux... il a fallu que je lui fasse

observer que nous la saluerions peut-être à Arme-
nonville dans cinq ans. Un bijou cette petite
fille... et une conviction !.. elle avait si peur d'a-
voir l'air maladroite qu'elle faisait un chiqué insensé... Et un petit corps mince et indécis... d'un
florentin !.. — Ce matin, en écrivant son nom sur
ma liste — Euphémie ! Phémie !.. un nom admirable ! — j'ai mis en regard deux vers d'Ausone
qui ont dû être bien étonnés : « *Dum dubitat na-
tura, marem, faceretne puellam — Factus es, o
pulcher, poene puella, puer* »... joli, n'est-ce pas?...
Et c'est qu'elle a été désintéressée pour de bon !...
désintéressée avec pudeur. J'ai insisté pour lui
faire accepter un « fiacre » raisonnable... elle n'a
jamais voulu prendre que « dix sous pour son
omnibus » et elle a filé... peut-être a-t-elle déplu
à ma concierge !... Enfin ! — J'ai oublié de lui demander son adresse pour lui « faire porter quelques orchidées »... Dis donc... ça n'a pas l'air de
te passionner... mon histoire !.. Tu es difficile !..

Vallonges regardait le skating. Il avait cherché
sa jolie patineuse de tout à l'heure, mais elle
n'était plus là.

Il prit son verre et le vida d'un trait.

— Mais si... mais si... tu as toujours des histoires admirables.

— Je sais créer les occasions, dit modestement Kerante. Dis donc, mon vieux, continua-t-il en se penchant, tu as l'air tout mélancolique... ne te désole pas... elle reviendra...

— Tais-toi! interrompit Vallonges en souriant.

— Oui. Je sais. Tu es la discrétion même... Mais c'est tout à fait inutile, la discrétion... tout le monde est au courant tout de même, et c'est incommode...

— Tu penses bien que si depuis huit jours on te revoit avec des airs navrés à des heures où tu étais généralement parfaitement invisible, au lieu de te voir arriver vers sept heures, épanoui, et avec une autre cravate que le matin... je suis assez malin pour deviner pourquoi... Enfin!.. Ne l'aime pas trop!..

Vallonges fit un geste évasif...

II

(Gérard de Kerante me plaît beaucoup...

Peut-être trouvez-vous qu'il est venu un peu brusquement remplacer par ses monologues, prolixes et d'un style coupé, les dialogues le long desquels nous voyons si bien se déclarer des états d'âme vagues chez notre ami Raoul de Vallon ges?.. Kerante me plaît beaucoup à moi, — et, bien qu'il ne soit, dans ce roman où il a accepté de jouer à peu près les confidents, qu'un personnage de second plan, je vous demande la permission de vous le présenter avec un soin qui donnera, j'espère, plus d'intérêt aux bavardages avec lesquels vous venez de faire connaissance...

—

Ce garçon mince, fiévreux, un peu efféminé et maladif, est généralement tout à fait antipathique...

Cette façon agaçante de parler *par mots historiques* et d'associer les idées les unes par-dessus les autres pour glisser entre deux une per-

sonnalité qui pique... cette perpétuelle affectation
apparente de politesse indifférente, de fatuité, de
pédantisme, et d'expérience... cette voix même,
douce et traînante, qui donne à nos plus banales
paroles l'allure d'un paradoxe ironique et que
l'on ne comprendrait pas... l'intransigeance,
avec cela, d'opinions auxquelles il a toujours l'air
de ne pas tenir... — cet heureux mélange vaut
à Gérard de Kerante une réputation bien établie
de méchanceté dangereuse et d'insupportable
insolence...

Mais ceux qui le connaissent mieux s'aperçoi-
vent bientôt qu'il est *comme ça* avec une sincérité
scrupuleuse... inamoviblement *comme ça*... et qu'il
ne paraît si affecté que parce qu'il se dispense d'af-
fecter d'être simple...

Il est indifférent, par indifférence,... citateur,
parce qu'il lui semble commode d'exprimer une
idée avec une phrase déjà faite pour cela... S'il émet
sans les soutenir d'arguments les opinions les
plus subversives, c'est parce qu'il ne voit pas d'a-
vantage à ce que son contradicteur change d'avis...
S'il préfère avoir recours, comme exemples, à des
anecdotes qu'il présente comme personnelles, c'est
parce qu'il pense qu'il les contera mieux ainsi... Il

est fat par fatuité, ce qui est tout à fait exception-
nel...

Mais surtout, cet auteur responsable — car on
lui en prête — de tant de rosseries cinglantes est
sans aucune malveillance. Le double souci de voir
exactement les choses et de les exprimer avec con-
cision met seul dans sa conversation cette bruta-
lité d'épithètes que l'on craint. Lui-même apporte
dans la vie une si imperturbable bonne volonté à
« tout admettre », qu'il est toujours le dernier à
s'apercevoir qu'il a « éreinté » quelque chose... il
croit avoir dit « comment c'est », voilà tout. Il n'épargne pas ses amis, pas plus qu'il ne s'épargne lui-
même : il les traite comme il traite toutes choses
dont il s'occupe — il « constate » avec sensualité...
Bien au contraire, s'il vous aime, ce qui ne l'eût
pas intéressé d'un autre excitera sa passion d'ana-
lyse... il ébranche la question en un tour de main...
on le voit écarter sans hésitation les petites hypo-
crisies dont on s'était le mieux dupé soi-même...
les comparaisons les plus imprévues vous mettent
bien en face des choses... les phrases heurtées,
inachevées, se succèdent, touchant juste, et lorsque Kérante termine, en penchant la tête d'un
geste habituel : « C'est bien cela, n'est-ce pas ? »

il n'y a généralement plus qu'à reconnaître que l'on a « agi comme un mufle ». — Mais on voit que Kerante trouve cela si naturel que l'on n'en est jamais humilié...)

III

— Tu ferais beaucoup mieux de te distraire... Regarde... c'est joli comme tout ici... les endroits inutiles comme celui-ci, et luxueux, sont vraiment, lorsqu'ils réussissent, des endroits tout à fait agréables..

— Oui... oui...

— Non, mais, vraiment... Pouvons-nous être mieux, à cette heure, qu'assis tous les deux à causer, regardant les femmes en buvant un verre... Des esprits grincheux pourraient contester que nous remplissions tout notre « devoir présent », mais tout cela est vraiment bien gentil à voir chatoyer... — Tiens ! regarde-les là-bas, toutes les cinq, autour du gros Durand — l'échotier qui signe Saint-Fard — quel joli bouquet, et comme on y cueillerait de jolis détails... Tiens ! il y a dans le bouquet ton ancienne Suzette...

— Je l'ai vue tout à l'heure... nous avons galva-
nisé quelques souvenirs... Je lui ai même laissé
espérer que je céderais à ses instances et que
j'irais un de ces soirs visiter son installation rue
Brémontier...

— Vallonges ! Tu deviens presque aussi fat que
moi !...

— Oh ! ça... il n'y a pas de danger... Je n'ai plus
de cigarettes..

— En v'là...

Et ils regardèrent quelques instants sans parler.

— C'est vrai qu'il y a de jolis échantillons ici,
reprit Vallonges. Vois, là-bas, appuyée à la co-
lonne, Jane de Serby... Est-elle assez bien placée,
ainsi, avec sa petite silhouette si délicate se décou-
pant sur la glace blanche et bleue tachée d'ombres
qui passent.. quel art ! et comme elle lève bien
lentement les paupières... Je la regardais tout à
l'heure, elle a une exquise façon de sourire... Au
commencement il semble que la bouche est trop
fatiguée... qu'elle ne pourra jamais... et le sourire
ne devient gai que lorsqu'il est épanoui... elle me
plaît beaucoup. — Je crois que c'est parce qu'elle a,

poussé au gracieux, tout ce qui fait le charme des plus minables putains sur lesquelles on s'attendrit...

— C'est des phrases pour un article que tu essaies sur moi ?... Jane de Serby te rends bien lyrique !...

— Suzette me l'a déjà reproché tout à l'heure...

— Ah ! bien !... mais tu sais, si tu en as envie... il ne faut pas se refuser un petit extra de temps en temps... Je t'aurai une petite diminution... Veux-tu que je te fasse dîner avec elle demain ?...

— Ah ! laisse donc !...

Kerante se mit à rire.

— Tu fais mon bonheur... Tu as l'air d'un couteau qui a perdu sa gaine... tu es coupant. Puisqu'on te dit qu'elle reviendra, ta vénitienne... Elle a un billet circulaire...

Mais Vallonges ne voulut pas entendre ces plaisanteries indiscrètes.

— Tu as travaillé ces jours-ci? demanda-t-il.

— Peuh !... mon Dieu... tu sais... Ah! à propos !... j'ai trouvé une épigraphe pour la nouvelle dont je t'ai parlé... écoute-moi ça... il s'agit de l'amour... «... *L'amour — Ne vaut pas qu'on l'achète alors qu'il est à vendre* »... C'est un alexandrin, j'ose le dire, admirable, du regretté Emile Augier...

— Très bien ! Et la nouvelle ?...

— Je compte m'y mettre incessamment... d'ailleurs...

(Nous n'avons pas le temps de les écouter *causer littérature* maintenant.)

—

— Où dînes-tu ?

— Nulle part...

— Alors nous dînons ensemble... Garçon ! ça fait ?

— Non je t'en prie... laisse-moi cela !

— J'ai dit à Silly qui est revenu de Granville que je passerais le prendre chez Weber... il est veuf. Sa femme est pour quinze jours dans sa famille... nous serons extrêmement spirituels toute la soirée... Ce sera très gentil...

— Filons...

— Filons...

IV

Ils trouvèrent chez Weber, devant des portos, Silly avec Pierre-Lionel Silvande, Daniel Morille et Welker. Silly était jovial, Silvande lointain, Morille réservé et Welker méthodique : c'était assez dans leurs habitudes.

Morille racontait une histoire de femme :

— ... elle lui disait qu'elle l'aimait ; il lui répondait qu'il ne l'aimait pas...

— Ils mentaient tous les deux, interrompit Kerante. Où dîne-t-on ce soir ?

— Je dîne en ville, dit Morille. Où serez-vous vers minuit ?...

— Il faudrait que je rentre travailler, dit Welker.

— Alors on est quatre ? dit Kerante

— Je resterais bien volontiers avec vous, dit Morille, mais j'ai promis à une jeune femme de mes amies de lui faire entendre la dernière mélodie que j'ai faite... Sur une *Berceuse* de Silvande... Elle est très susceptible et exclusive, et je craindrais...

— Mon petit Daniel, dit Kerante, quand on parle de sa maîtresse, il ne faut jamais oublier que l'on cause probablement avec celui, ou l'un de ceux, avec qui elle vous trompe...

— Je ne vois pas... !

— Vous allez être en retard pour dîner, mon petit Daniel, dépêchez-vous.

— Pourquoi le tourmentes-tu comme cela ? dit Silvande, quand Morille se fut éloigné.

— Oh toi ! Tu le défends parce qu'il te met en musique... Mais il me dégoûte ton musicien... Depuis que je l'ai rencontré à Billancourt avec ses amours... un horrible veau avec des cheveux citron... elle a perdu ses dents dans sa jeunesse... il y a longtemps... et a eu l'idée malheureuse de se faire poser un ratelier en roquefort...

— Il ne la sort pas ? dit Vallonges.

— Si... Mais seulement dans les terres labourées...

— « La Femme n'est pas tenue d'être belle », dit gravement Silly, « il suffit qu'elle soit bonne, gracieuse et charitable »...

— Ta bouche...

— C'est de Michelet.

— S'il l'aime... ce garçon !

— Après huit jours il n'y a plus de différence entre une femme laide et une femme belle, dit Welker.

— Tiens ! tu n'es donc pas rentré travailler, toi ?

— Je n'avais plus le temps... J'enverrai une dépêche. Je rentrerai à dix heures...

— Si qu'on dînerait alors...

— Où ça ?

— Ici, puisqu'on y est...

— Ah non ! Secouons-nous ! Chez Boivin ..

— C'est trop loin...

— Chez Lapérouse...

— Pourquoi pas à Fachoda !...

— Chez Prunier...

— Ça va... Pas d'objections ? Messieurs, c'est tout droit...

—

Il y a déjà pas mal de temps que les journalistes de province ont l'habitude, lorsqu'ils font un mauvais à-peu-près, d'ajouter entre deux virgules « comme dirait Silly »... Ce n'est pas d'hier que Silly est « l'humoriste bien connu » et « le joyeux

Silly », mais la *génération montante*, dont quelques si remarquables spécimens sont en train de manger des « Colchester » bien grasses chez Prunier, a déclaré que Silly lui appartenait, et Silly a bien voulu.

Physiquement, Silly est chauve, — il serait inutile de le nier. Je n'apprendrai à personne que son « genre de talent » consiste à oser le plus imprudent mélange d'érudition et de fantaisisme. Les circonstances en ont fait le critique musical que vous savez, mais soyez sûr qu'algébriste il eût fait du calcul intégral par calembours... et c'eût été très bien aussi.

Silly est marié. Il appelle sa femme Jeannette... vous croyez peut-être que c'est parce qu'elle s'appelle Jeanne? pas du tout, elle s'appelle Renée; Jeannette est son nom de famille. En échange elle l'appelle Silly comme tout le monde... Personne n'a jamais su le prenom de Silly. Elle l'appelle aussi « le doux Maître », « le gros Chat », « la Doucette » et « le Bleu »...Ces appellations conviennent à des circonstances particulières... Jeannette est gracieuse et jolie.

C'est un ménage de camarades. Les gens grincheux les trouvent « un peu bohèmes », les autres les trouvent charmants. Je crois que les premiers sont jaloux.

Jeannette a une famille en Bretagne. (Monsieur et Madame Jeannette.) Elle va de temps en temps passer quelques jours dans cette famille. Silly la conduit. Il vient de l'y conduire et il s'est arrêté cinq jours à Granville en revenant...

— Moi je ne m'embête jamais nulle part, déclare-t-il en mangeant des huîtres... J'ai vu des gens exquis là-bas... Il y a un type dans le genre de Jupiter, qui tient un bazar, sur le pont, et qui est un homme admirable... j'ai appris beaucoup de choses en causant avec lui... il m'a dit des choses excellentes sur l'impôt progressif... il a une maîtresse anglaise d'un âge incertain, qui a l'air d'un Burne-Jones de la mauvaise époque...

— Faut que j'aille voir ça, dit Kerante.

— J'ai fait d'autres connaissances agréables... Un douanier qui faisait merveilleusement le homard à l'américaine... Un commis voyageur en chicorée pour café, garçon très spirituel... le véritable esprit français... un peu le même genre qu'Anatole France, mais en plus fin... Je serais bien resté encore un peu, sans le désir violent que j'avais de violer une petite fille en violet, très laide,

qui vendait des crevettes... j'ai eu peur d'avoir des
ennuis... Je ne serais pas fâché que ma femme
revienne...

— Que ma femme *revînt*... reprend Welker...
vous mangez trop d'huîtres, Silly.

— C'est parce que je les aime. J'aurais voulu être
l'ami de C. Sergius Ovata qui vers l'an 550 de la
Fondation de Rome possédait, selon Valère
Maxime, des parcs superbes au bord du lac Lucrin !

— Pourquoi nous dites-vous ça?

— Parce que c'est érudit, que je l'ai lu aujour-
d'hui même dans un livre très remarquable de
M. Robert Dreyfus sur *les lois agraires à Rome* et
que je tiens à l'employer avant de l'avoir oublié...

Pierre-Lionel Silvande mange un œuf à la coque.
Il a l'estomac délicat, il suit le régime lacté, mais
c'est le plus passionné des lyriques. Il est joli garçon, l'air jeune, avec des cheveux bouclés ; ses
mélancolies lui vont bien — ses enthousiasmes
lui vont bien aussi... on l'appelle P. L. pour abré-
ger.

Il a depuis très longtemps une maîtresse très

belle, bête et prétentieuse : la divine Lydie. Lydie
Bracy a le souci de la Beauté, un regard profond
sous des bandeaux ondés ; elle a eu un accessit
au Conservatoire et tient des rôles à l'Odéon ; elle
déclame aux *Samedis populaires de poésie*. Elle
a toujours un livre sous le bras ; Kerante a regardé
le titre l'autre jour, c'était le *Discours sur la Méthode* de M. René Descartes ; il a demandé :
« Vous lisez cela ? » — « Oui, a-t-elle répondu,
c'est très joli ! » — « Laisse donc Lydie tranquille ! »
a interrompu Silvande. Kerante est l'ennemi personnel de Lydie. Lydie parle volontiers de son âme,
Kerante n'aime pas cela. Silvande est convaincu que
cette antipathie provient d'un essai de séduction
manqué : c'est pourquoi il la voit avec indulgence... il a fait une Elégie sur ce sujet. La vérité est
que Kerante ne pardonne pas à Lydie qu'il trouve
belle d'avoir les seins placés un peu hauts, — Lydie
ne pardonne pas à Kerante de le lui avoir dit...

— Tu as beau blaguer, dit Silvande, la jeunesse
qui se lève aujourd'hui en province, partout, est
admirable ! Elle sent qu'elle est digne de regarder
la lumière, elle est généreuse et frémissante...

— Tu parles ! dit Kerante... Tout ça, c'est des
gens qui trouvent moyen de mettre des chevilles

en prose...

— Ils méprisent vos préoccupations mondaines et mesquines, et ils célèbrent, selon la religion de la beauté et du divin qui est en eux, l'amour harmonieux et les campagnes splendides! ce qui chante et ce qui tressaille ! Ils s'enivrent de la sève terrestre et une constante conscience de leur humanité ennoblit leurs œuvres... Cette jeunesse est un champ de blé dont les épis mûrs éclateront bientôt !...

— Silvande est tout pantelant d'azur ce soir, dit Silly...

— Il est un peu raseur, dit Kerante.

— P.-L. est héroïque, dit Vallonges.

— Vous êtes fades et maussades, reprend Silvande en cassant son second œuf, vous êtes anémiés par Paris et par l'égoïsme. D'autres intelligences ensoleillées connaissent l'enthousiasme éclatant et la force... Ils débordent d'allégresse devant la simplicité souriante de la vie... Ils savent que le pain est juste...

— Celui-ci n'est pas assez cuit, dit Welker. Garçon! donnez-moi du pain de ménage... Très cuit...

— Le père Hugo a écrit : « *Mon âme aux mille*

*voix que le Dieu que j'adore — Mit au centre de
tout comme... »*

— Je proteste contre l'intrusion du père Hugo à
ce petit dîner...

—

Welker mange un artichaut feuille à feuille. Sa
barbe en pointe est taillée avec soin, ses cheveux
ne frisent sous aucun prétexte, et si son lorgnon
le gêne, ça ne regarde que lui. Il quitte souvent
ses amis à dix heures — c'est pour écrire des
articles documentés qu'il publie dans diverses
Revues étrangères. Une chose attriste son existence : il n'a pas encore fini de lire les journaux
du matin quand les journaux du soir paraissent.
Ses amours sont discrètes. — Kerante affirme
qu'il a des vices effroyables : « *Voluptaria quæ-
rens per impedimenta chanoiri* » dit-il, et Welker
hausse les épaules.

— Est-il possible de manger des artichauts en
décembre! s'écrie Silly... c'est fait dans les pri-
sons... par d'anciens notaires condamnés pour
faux...

— Vous n'êtes pas obligé d'en manger...

— Il ne manquerait plus que cela!.. Dites donc, Welker, vous avez vu, dans la *Freie Bühne*, la correspondance de Wagner et de Heckel sur la fondation de Bayreuth?..

. — C'est un joli mélange de société par actions à 300 thalers et d' « idéalité »...

. — Wagner.., commença Silvande.

— T'occupe pas de ça! interrompit Kerante... Ne te lance pas dans les « idées générales » à cette heure-ci!..

— Wagner est une expression géographique, dit Vallonges...

— Qu'est-ce qui prend du café? demande Kerante.

— Moi...

— Moi aussi...

— Pas moi, dit Silly. Je ne peux pas ne pas me passer de café...

— Vous dites?

— Je dis : je ne peux pas ne pas me passer de café...

— Ah! parfaitement — j'ai compris. Alors quatre cafes!

— Et vite, dit Welker. Faut que je rentre faire mon article,...

— Je vous accompagne, dit Silvande. Il faut que j'aille chercher Lydie à l'Odéon... à onze heures...

— On ne la voit plus, Lydie... dit Kerante.

— Elle travaille beaucoup pour... la pièce de Richepin...

— Elle a bien tort. Il en fera une autre après.

—

Silly, Gérard de Kerante et Raoul de Vallonges restèrent à fumer en buvant du marc. Comme Kerante l'avait prévu, ils furent « extrêmement spirituels toute la soirée ». — Ils allèrent dans divers endroits où il y avait de la lumière, des orchestres, et d' « adorables prostituées » qui se promenaient... et ce fut, toute la soirée, ce que le _Journal officiel_ appelle « _des conversations particulières_ »...

V

Silly s'en fut vers le Parc Monceau à minuit, sous le mauvais prétexte qu'il avait la migraine.

Vallonges et Kerante entrèrent chez Weber, ils y trouvèrent, devant deux pintes de stout, Maurice Sainties et son ami Bertie Desborough qui est insupportable.

— Que je suis donc content de vous voir, s'écria Sainties, vous allez peut-être pouvoir me dire quel est ce monsieur décoré, là-bas, à la table du coin, avec cette dame blonde...

Vallonges et Kerante s'enfuirent épouvantés.

Dehors il faisait un petit froid sec... un de ces jolis petits froids secs qui sont si précieux dans la conversation. (« Je préfère le froid sec au froid humide »)...

— On gèle, dit Kerante — allons donc manger deux œufs sur le plat chez *Maxim's* avant de rentrer.

—

Ils y restèrent jusqu'à près de trois heures.

Ils rencontrèrent des camarades, Jean Valtérier et Faustino de Vargas, qui soupaient avec Andrée de Stenta et la fragile Blanche de Sèvres... on causa un instant... puis Kerante s'excita sur une amie de Blanche de Sèvres — une débutante...On fit les présentations...

6

— Mademoiselle Marguerite Rousseau...

— Monsieur Gérard de Kerante...

C'était une jolie petite fille aux traits fins, bonne enfant, avec un bon rire. En se serrant un peu on tint tous à la même table...

Le souper fut suffisamment joyeux. Il y avait la gaîté bruyante de Valtérier, le gentil rastaquouérisme gazouillant de Vargas, la satisfaction qu'avait Kerante d'avoir si bien assuré sa nuit...

Vallonges était un peu mélancolique. Brusquement il sentit l'absence d'Odette au point de regretter n'avoir pas devancé Kerante dans le choix de la jeune Marguerite... puis il demanda : « Une carte télégramme fermée et de quoi écrire ! », et écrivit : « *Il ne faut jamais remettre du lendemain ce que l'on peut... Viens, si tu peux, dîner avec moi ce soir, — j'ai des choses à te dire* »... puis il mit l'adresse : « *Suzette Pradier, 31 bis, rue Brémontier* »... il mouilla, colla, et passa le petit bleu à Kerante...

— Hah! Hah! dit Kerante, je te disais bien!

Et montrant Vallonges du doigt à la petite Sèvres qui écoutait les tziganes :

— Vous voyez ce garçon-là ?... eh bien, c'est un mufle...

Puis il reprit le flirt actif dont il entourait la

jeune Marguerite...

On dansait.

—

Blanche de Sèvres danse délicieusement, glissant avec des airs penchés, très idéale... Elle s'arrête pour donner un conseil à une amie qui est venue lui parler à l'oreille :

— Marche, si tu veux, mais méfie-toi... Le carnet de chèques, ça ne rend pas...

La jeune Marguerite danse comme une pensionnaire. Valtérier, un peu pâteux, explique à Andrée de Stenta qui s'intéresse le meilleur traitement pour les chaussures jaunes. Vallonges, sur la banquette, fume des cigarettes l'une après l'autre...Vaguement il écoute la conversation de la table à côté ; ce sont deux personnes luxueuses et respectables, pas jeunes du tout, avec deux messieurs chauves et empressés...

— C'est si gentil les chiens... les pauvres chéris

— Oui... mais il ne faut pas avoir de chiennes, madame, on a trop d'ennuis...

— Ah, madame ! Je suis obligé de faire avorter la mienne... elle a eu des rapports avec un trop gros chien... elle ne pourrait jamais faire les petits...

la pauvre chérie !...

Vallonges se demanda si c'est vraiment la peine de rester chez *Maxim's* jusqu'à deux heures du matin pour entendre des conservations comme ça... Un des messieurs chauves s'informe :

— Et votre fils, madame ?

— Il est au Tonkin, monsieur. J'ai reçu tout un paquet de lettres de lui ce matin...

— Il est officier, madame ?

— Oh ! madame !.., Il n'a que dix-huit ans... il est engagé...

Kerante se penche vers Vallonges :

— Tu sais qui c'est, ta voisine, la grosse blonde ?...

— Non. Tu sais ?

— C'est la célèbre Eveline Heimann, l'ancienne danseuse...

— Pas possible !... celle de Lamartine !...

— J't'assure...

Et en effet, à côté de lui, la conversation a tourné... il entend :

—... Le foyer... oui, autrefois... mais maintenant, chère madame, avec tous ces billets de faveur qu'on laisse entrer... des ministres, des députés...

.. Les messieurs chauves aident ces dames à met-

tre leurs sorties de bal... ils s'en vont... Il y a
longtemps qu'ils devraient être couchés, à leur âge.

Vallonges pense qu'il voudrait bien être couché
aussi... Il demande si ce n'est pas l'avis général...
On veut bien.

Valtérier et Andrée, Vargas et Blanche montent
en voiture. La jeune Marguerite a expliqué timidement à Kerante :

— Vous comprenez... comme il y a très peu de
temps que je suis à Paris... je ne suis pas très bien
installée... alors si vous préférez...

Je crois bien qu'il préfère ! Et comme il habite
rue Cambon, Marguerite déclare qu'elle peut très
bien aller à pied jusque-là...

— Vous êtes à épouser ! dit Kerante.

Vallonges les accompagne...

CHAPITRE TROISIÈME

I

Vallonges se décide à rentrer à pied.

Il glisse son télégramme dans la première boîte qu'il rencontre... Suzette l'aura demain avant de sortir...

Vallonges voudrait bien qu'Odette revînt... Sa petite Odette... elle est si gentille... elle est si gentille... elle est si gentille...

Rue de Rivoli, Vallonges examine sa chère conscience... c'est son heure.

Il y remarque un trouble furieux et de l'impatience... le plus agaçant libertinage d'ironie... de l'hypocrisie sentimentale... de la méthode... de la vanité... Ce n'est pas le meilleur Vallonges.

— Je suis... — commence-t-il — mais il préfère se trouver tout de suite des excuses, et se démontrer qu'il est très heureux...

(Cet insupportable saint Paul parle quelque part en mauvais termes de gens « *amateurs d'eux-mêmes, fiers, impies, gonflés d'orgueil, amateurs de voluptés plutôt que de Dieu* »... « *voluptatum amatores magis quam Dei* » — Vallonges s'est toujours volontiers reconnu dans ce petit tableau... « *amateurs d'eux-mêmes* »...)

Il se le démontre avec énervement, classique énervement :

— La vie est incertaine !... Pourtant !...

« Ah ! c'est que c'est bien *ça*, la vie... c'est la gueule de bois qu'a ma chère âme ce soir... c'est des folies, des sécheresses, des espoirs, des égoïsmes, des tendresses... tout cela effeuillé, expédié en dix phrases — au passé. C'est *ça*, il n'y a pas à dire... je ne suis pas vieux et il y en a déjà un joli paquet... et *ça* continuera comme *ça*,.. c'est *ça*

mon bonheur... car je suis heureux n'est-ce pas !
Ah !... Ne nous emballons pas !... »

Vallonges se sent mal maître de ses pensées...
dirige leur confusion tant bien que mal...

— Oh je n'hésite pas... je ne doute pas de la
« méthode »... ce sont les résultats qui me fati-
guent... Je me demande si... *si*... SI...

« Vais-je donc retomber ce soir — simplement
parce qu'Odette est absente depuis onze jours —
dans l'erreur déplorable de supputer SI, dans d'autres circonstances, j'aurais pu entasser plus de
bonheur... « Entasser », c'est bien cela... il faut
penser qu'à mesure que l'on progresse, la joie que
l'on prend à chaque satisfaction nouvelle est fortifiée, soutenue, par la conscience des satisfactions
échues auxquelles elle s'ajoute... on thésaurise...

« Et vraiment, regretter des impossibilités...
quelle sottise inutile ! Songer, par exemple, que SI
cette Flossie, dont Kerante a éprouvé le besoin de
me faire souvenir aujourd'hui, s'était trouvée être
précisément du modèle que j'imaginais... ou SI
telle de mes passagères amies avait été assez parfaite pour ne donner lieu à aucune des lassitudes
par quoi toutes ces liaisons ont pris fin à leur
tour,... j'aurais pu connaître un bonheur moins

agité et plus profond — c'est seulement une façon
de retomber au vieux « rêve » chimérique et bleu
que l'on a irrémissiblement condamné, mais qui
en appelle parfois de notre raison à nos nerfs... Il
ne faut pas... D'ailleurs ces poussées d'impossible
doivent se faire de plus en plus rares à mesure que
le possible vous satisfait davantage... et voici trois
ans que la vie vraie me donne presque sans relâche
assez de beau réel pour qu'il n'y ait guère de place
laissée à des rêves d'un sublime un peu forcé
comme goût...

« Si je dors mal cette nuit, ce qui est fort possible, je ne tendrai pas les bras, dans mon insom-
nie, à quelque figure idéale et vague, panacée certainement infaillible, mais qu'il n'est guère plus
efficace d'attendre que de songer, devant la note
de son tailleur à payer, que SI l'on avait une
bourse avec toujours cinq louis dedans ce serait
véritablement bien commode...

«Odette n'est-elle pas délicieuse, gaie, caressante,
bien à moi et pas accaparante !... n'a-t-elle pas toutes les qualités que l'on peut !...»

Vallonges quitte les arcades de la rue de Rivoli
et tourne la rue des Tuileries. Le vent glacé le
cingle à travers son foulard, toute sa psychologie

en 'est refroidie...

— Odette est très bien quand elle est là, pense-t-il, mais elle est insuffisante quand elle n'y est pas...

Vallonges admire comme il suffit de peu de chose pour mettre bien les choses au point...

— Et c'est pourquoi, s'explique Vallonges, étant sorti de chez moi à cinq heures après avoir travaillé sans feu sacré toute l'après-midi à cette *Vie et opinions du Prince de Ligne* que je ne peux pas arriver à terminer, je me suis sucessivement intéressé beaucoup plus qu'un « fidèle amant » ne devrait le faire, à la petite frimousse rose d'Andrée de Stenta, à la grâce frêle et transparente de Jane de Serby, à une patineuse fragile, au nouvel embonpoint de mon amie Suzette, et, momentanément, tout le long de la soirée, à une douzaine de jolies personnes... puis j'ai été mélancolique chez *Maxim's*, j'ai eu envie de la jeune Marguerite de Kerante, j'ai envoyé un petit bleu rue Brémontier... ce sont des concessions, et je me sens disposé à les pousser plus loin. J'en aimerai mieux sans doute, par comparaison, Odette lorsqu'elle reviendra...

« Mais il est tout de même bien tentant d'ima-

giner une tendresse faite de sécurité et que la solitude né diminuerait pas... il faut vraiment que les
moralistes nous aient bien dégoûté de la vertu
pour que nous acceptions tous les inconvénients
de l'adultère... Alors quoi?... se marier ?... se coller?... à quoi vais-je penser là ! n'ai-je pas déjà
cent fois, sans succès, suivi cette classique ornière
de raisonnement sentimental!... Il« faut se laisser
aller », voilà ce qu'il faut... Et quand on a eu la
chance de rencontrer une aussi aimable parte-
naire qu'Odette... chère petite Odette... il faut
profiter de sa chance jusqu'au bout... Voilà ce
qu'il faut...

« Oui mais il faudrait... il faudrait...

(Vallonges sent qu'il n'échappera pas à la *crise*...
banale, bête, connue,... mais que l'on subit. Il sent
que tout cela va l'envahir très brutalement, très
douloureusement peut-être, aussitôt que d'une petite phrase stupide il aura ouvert la route à la
vieille faiblesse... et il hésite. S'il s'attarde à des
verbiages médiocres, à des résumés psychologi-
ques, à des redites habituelles et faciles...« Il faut...
il faut... la vie telle qu'elle est... » — c'est qu'à se

les répéter une fois de plus, comme s'il en doutait, il prend un peu confiance pour cette crise nouvelle qu'il va falloir subir, malgré qu'il en ait...

Vallonges sent en lui prétentieusement danser
les idées... comme lorsqu'elles ne font que mas-
quer une autre idée qui monte, et qui va vous
faire son esclave, et dont on a peur... La *crise*...
l'énervement ennuyé...

— « Il faudrait... Il faudrait... » ... Il se crispe !...)

—

Vallonges arrive au coin du Pont-Royal. Une
main se pose sur son bras, et une petite voix qui
tremble un peu de froid lui dit :

— Monsieur... si vous pouviez me dire...

II

— Qu'est-ce que tu veux ?...

— Monsieur... c'est que je ne sais pas où aller
cette nuit... et je commence à avoir très froid... ·

Vallonges se pencha... vit des cheveux épais sous une toque et un bout de nez rose...

Il prit rageusement un parti... Il y couperait; à la crise...

Il emmènerait cette fille, puisqu'il l'avait rencontrée... ça le distrairait toujours... comme ça au moins il ne serait pas seul... Ça serait d'ailleurs très bien de finir cette journée comme cela... les bonnes blagues du hasard... Hah !...

Et puis elle avait une drôle de façon de raccrocher... qu'est-ce qu'elle fichait là, à trois heures du matin, au coin du Pont-Royal !

Si elle n'était pas possible, il lui ferait raconter des histoires...

— Allons ! viens !

— Oh, monsieur ! vous êtes bien aimable ! je n'osais pas demander à quelqu'un... et je ne pouvais pourtant pas passer la nuit ici... Je ne vous gênerai pas, vous verrez...

Elle parlait d'une voix douce qui étonna Vallonges.

— Qu'est-ce que j'ai ramassé là ? se demanda-t-il. — Bah ! je verrai bien !...

Il lui prit le bras.

— Dépêchons-nous !...

— Vous habitez loin?

— Rue de l'Université...

— Ce que je vais être contente de me chauffer !

—

Vallonges n'avait pas d'allumettes, naturellement... Il tint son acquisition par la main pour la
guider dans l'escalier... Elle butta contre la première marche et se mit à rire... Vallonges ouvrit
la porte à tâtons... ne trouva pas le bougeoir à sa
place habituelle... fit entrer la petite dans son cabinet de travail, que quelques tisons éclairaient faible
ment tandis qu'il passait dans la chambre à coucher, prenant des allumettes, et allumant une
lampe...

Lorsqu'il revint et posa la lampe sur le bureau
l' « hôte » avait jeté sa toque et son manteau sur
aun fauteuil et se chauffait à la petite flamme bleue
gonisante... Elle se retourna en souriant...

III

Elle est certainement toute jeune... des traits fins... des cheveux d'or si épais que leur masse se fonce dans la profondeur. Vallonges ne regarde d'abord que ces cheveux...

— Vous avez de beaux cheveux, jeune personne...

— Ce que j'ai eu froid ! dit-elle.

— Veux-tu boire quelque chose de chaud ?... du thé...

— Oh ! Je veux bien !... Je vais le faire... montrez-moi où il y a ce qu'il faut...

— Sur la petite table, là, près de la cheminée...

Vallonges s'est jeté sur le divan, éreinté. Il la regarde, à la demi-clarté de la lampe, allumer le réchaud, mesurer le thé, préparer les tasses... Elle est habillée d'une robe de drap gris uni tombant assez bien... la taille très mince... les gestes soigneux... Elle n'a pas du tout l'air...

— Viens t'asseoir à côté de moi — dit Vallonges.

Elle s'asseoit sur le coin du divan, souriant encore d'un sourire un peu gêné, les mains croisées... Elle est toute frêle... un teint rose et blanc... Ces cheveux d'or foncé sont vraiment étonnants, relevés en une simple torsade souple... C'est une enfant...

— Ah ça !... qui diable?... se demanda Vallonges.

— Comment t'appelles-tu ? dit-il.

— Je m'appelle Aimienne... mais on m'appelle Mimi... vous pouvez m'appeler Mimi...

Et un peu vite, en se forçant un peu, elle ajoute:

— Je vous suis bien reconnaissante... je ne savais plus du tout que devenir quand je vous ai rencontré...

Elle s'arrête brusquement, le regarde et sourit... Il lui prend les mains,— de petites mains fuselées. et douces...

— Qu'est-ce que j'ai trouvé là au coin du Pont-Royal ! se demanda Vallonges.

Et, pour ne pas laisser tomber la conversation :

— Quel âge as-tu ?

— J'ai quatorze ans et demi...

— Tu as... mais alors !.. quatorze ans et demi...
qu'est-ce que tu...

— Oh j'ai presque quinze ans... j'ai l'air plus que
mon âge, n'est-ce pas ?... on me donne souvent
dix-sept ans... voilà l'eau qui bout...

Vallonges se redresse sur les coussins,... la regarde mieux. Comment n'a-t-il pas vu tout de
suite... c'est une gosse !... Mais qu'est-ce qu'elle
faisait là, au coin du Pont-Royal !...

Vallonges s'amuse... Et lui qui avait si peur de
passer une nuit d'énervement ennuyé !...

Elle revient avec une tasse à la main... il est un peu
clair, son thé, mais elle tend la tasse d'un geste joli..

— Merci... encore un morceau de sucre. Et maintenant me diras-tu ce que tu faisais au coin du
Pont-Royal ?...

Elle se rasseoit tranquillement sur le coin du divan et fait fondre son sucre en tournant avec la
cuillère... Elle ressemble à diverses chromolitho-
graphies anglaises connues. (Allez voir boulevard
des Capucines, à côté des filtres Pasteur.) Elle
dit tranquillement, d'une petite voix décidée :

— Voilà... c'est que je suis partie avant-hier de
chez papa...

Elle raconte posément, avec des airs sérieux:

— Je suis allée dans un hôtel... rue de... près du Luxembourg. C'est là que j'ai passé l'autre nuit... cette après-midi je me suis promenée... et puis quand je suis rentrée ce soir, après dîner, la dame de l'hôtel m'a dit : « Ah ! vous voilà, vous !.. vous nous en faites des ennuis !... il paraît que vous êtes mineure et qu'on vous cherche !.. » ... Alors j'ai eu peur et je suis ressortie en courant... j'ai fait des zigzags dans les rues, tellement j'avais peur qu'on me suive... J'ai marché... j'ai marché... je n'osais pas aller à un autre hôtel sans malle... et puis le temps a passé, tout était fermé... Je ne voulais pas parler à un sergent de ville parce que j'avais peur qu'il ne me demande d'où je venais... J'ai hésité comme ça jusqu'à ce qu'il ne passe plus personne dans les rues... J'avais joliment froid quand vous êtes passé !... Vous avez été bien gentil...

— Tu dois être éreintée... déchausse-toi... je vais chercher des pantoufles...

Il va chercher des pantoufles à Odette — des amours de pantoufles brodées d'or... on dirait deux petits soleils.

— Oh ! qu'elles sont jolies !.. Elles me vont

très bien. Non ... je ne suis plus fatiguée maintenant... je vais prendre encore un peu de thé...

Elle s'arrête, la théière en l'air :

— Vous n'allez pas me ramener à papa, au
moins ?.... Promettez-moi !...

—

Vallonges pense que .c'est probablement tout
de même ce qui arrivera...

Elle a eu encore de la chance de le rencontrer,
cette petite... elle a dû filer par un coup de tête,
demain elle sera désolée...

Et Welker qui prétend qu'il n' « arrive » jamais
rien ....si ce n'est pas une «aventure»,ça,qu'est-ce
qu'il lui faut... ça n'est pas de cape et d'épée, évidemment, mais enfin... c'est une petite aventure !

Elle est gentille comme tout, cette gosse, et elle
raconte son odyssée avec un sérieux...

— En tous cas, je ne te ramènerai pas ce soir...

— Et puis, vous ne savez pas qui je suis, — dit-
elle d'un air rassuré.

— Oh ça ! — c'est facile à savoir...

Elle s'inquiète :

— Promettez-moi que vous ne me ramènerez
pas... si vous me ramenez je me jette à l'eau...

— Holà!.. holà!..

— Je vous jure! vous pensez bien que je ne suis
pas partie de la maison sans bien réfléchir avant...

— Vraiment!..

— Veux-tu, Mimi, tu me raconteras tout ça
demain... tu meurs d'envie de dormir...

— Vous me promettez de ne pas me ramener?...

— Je te promets tout ce que tu voudras...

Elle lui tend la joue :

— Embrassez-moi...

Et il l'embrasse. C'est frais et doux comme
tout. Ça finit de le calmer tout à fait, ce baiser.

———

— Comment vous appelez-vous?

— Raoul.

— Il me semble que vous êtes mon frère...
C'est vrai...

— Tu as un frère?

— Non. J'aurais bien voulu, il nous aurait dé-
fendues... J'ai trois petites sœurs qui ont douze,
sept et quatre ans... Maman est morte il y a deux

ans... C'est depuis ce temps-là que ce n'est plus
tenable, à la maison... lorsqu'Elle est venue s'installer...

— Qui ça — Elle ?..

— La maîtresse de papa... Elle ne peut pas
nous sentir, mes sœurs et moi... Maman ne s'oc-
cupait pas beaucoup de nous parce qu'elle était
toujours malade, mais celle-là!.. Ah non! je ne
veux pas rester là-dedans!.. Mes sœurs, ça va
encore, elles sont petites, quand on les gifle elles
pleurent, et puis voilà... mais moi je lui répondais, alors... Hier elle m'a encore battue, alors je
n'ai rien dit, j'ai mis mes affaires dans une malle,
et quand elle est sortie, je suis partie...

Vallonges pense que c'est une histoire simple...
tout à fait simple... et même lamentablement
simple...

—

— Qu'est-ce qu'il fait, ton père?

— Papa? Il... non, je ne veux pas vous dire...
Si vous deviniez qui c'est, après, vous voudriez
peut-être me ramener... Ce n'est pas que je n'aie
pas confiance en vous, mais je ne veux pas que

vous me rameniez...

— Mais non! Et puis tu sais, il n'y a pas beaucoup de chances que je le devine... Je ne le connais pas, ton père...

Elle ne répond pas, se laisse aller contre lui,
toute prise de fatigue et de sommeil tout à coup...

— Allons... tu me raconteras tout cela demain...
faut dormir...

— Je vais m'installer là, sur le divan. Je ne vous
gênerai pas...

— Pas du tout... pas du tout... tu vas prendre
mon lit... moi j'ai à travailler... Allons!.. Attends
que je t'allume une lampe...

— Mais je ne veux pas vous déranger...

— Dépêche-toi! dépêche-toi!.. Veux-tu que je
te donne une chemise de nuit?..

— Je veux bien... toutes mes affaires sont à
l'hôtel...

Vallonges lui donne une chemise de nuit à
Odette... pas une chemise de pensionnaire précisément...

— Oh qu'elle est jolie!

— Couche-toi vite — et dors vite...

— Bonsoir, Raoul...

— Bonsoir, Mimi...

—Embrassez-moi... vous êtes bien gentil!..

IV

Vallonges pense que le thé sera plus « fait » et s'en sert une autre tasse. Il marche de long en large... de son divan à son bureau...

—

(Le cabinet de travail de Vallonges a deux fenêtres sur les jardins. La chambre à coucher est à gauche et la salle à manger est à droite ; derrière il y a le cabinet de toilette, l'antichambre, la cuisine et l'office... appartement simple, pièces à peu près carrées...

Vallonges professe en ameublement la théorie des tons assortis. Son cabinet de travail est tendu de toile écrue; aux fenêtres, des demi-rideaux de petite soie bleu gris ; la même petite soie aux panneaux de la bibliothèque basse qui tient tout le fond de la pièce. — Vallonges n'aime pas « voir les livres ». — Sur le divan bas, fait de tapis de

chèvre dans les tons blancs et bleus, des coussins
à volants de toutes les soies gris-bleu qu'il a pu
trouver ; un tapis gris et des portières d'un bleu
paon et blanc attendrissant. Tout ça est très bien.

Les meubles légers sont en chêne. Sur la grande table, entre les deux fenêtres, règne ce beau
désordre que l'on a si spirituellement déclaré être
« un nez fait de l'art »... Dans une bibliothèque
tournante, des dictionnaires et des répertoires. —
L'encrier de Vallonges est un vieux morceau de
plomb déformé qui a dû servir à quelque moine
antédiluvien : c'est une des choses à quoi Val-
onges tient le plus sur la terre. — Dans le fond
à gauche un petit piano droit.

Sur la bibliothèque, deux beaux vases laiteux à
décor bleu de la manufacture de Copenhague,
avec des gerbes de chardons et de monnaie-du-
pape... Un moulage d'une petite tête antique au
douloureux sourire. Aux murs quelques estam-
pes dans des cadres en frêne : une pointe sèche
de Helleu, petite fille triste, de profil, le menton
dans la main longue et maigre... Une litho de Léan-
dre, charge d'un Gérard de Kerante, agressif...
Une *Polaire* de Henri de Toulouse-Lautrec, impitoyable ; une eau-forte de Pierre Louys, *Jeune Sirène*

au bain... une jupe de femme de Maxime Dethomas... un *Prince de Bismarck*, de Nicholson.
Et puis la photographie de la *Mademoiselle Fel*,
de Latour, une image anglaise (touchante !)
de *The first interview of Werther and Charlotte*, un panneau de *Fleurs dans l'obscurité*,
de cette Mademoiselle Betsy qui expose de si
étonnantes choses aux « *Indépendants* »... un
portrait de Vallonges par Henri Bataille, fatigué
et malade, avec des mains de cire et un complet
de voyage, très « départ pour le Midi »...

Sur la cheminée, un grès patiné de la *Tête de
Faune*, de Jean Carriès ; de chaque côté de la
cheminée, deux tables si compliquées, destinées,
l'une, à « ce qu'il faut pour boire », l'autre à « ce
qu'il faut pour fumer », que je renonce tout à
fait à vous les décrire...)

—

... Vallonges trouve qu'il y a à tout cela un
petit ridicule touchant qui lui plaît... son « beau
geste » ajaxien de « bafouer le Rêve » en ramas-
sant une fille quelconque s'achevant ainsi en fra-
ternel baiser sur la joue fraîche d'une fillette...

— Elle a encore eu de la chance de me rencontrer... Elle aurait pu tomber sur un goujat qui... Elle est pleine de confiance, cette gosse... elle est très bien, pas effarée, ni pudeur ni innocence, elle trouve tout ça tout naturel... Elle est très gentille, elle a des cheveux superbes... elle sera très jolie... elle est déjà très jolie... elle a une taille... On lui donnerait au moins dix-sept ans...

« Qu'est-ce que ça peut bien être, cette petite, avec ces airs décidés... pas de piqûres d'aiguilles aux mains... Le père qui installe sa maîtresse avec ses filles... la femme qui les gifle... la petite qui file... C'est pas naturel, tout ça... ça doit être vrai, elle aurait inventé quelque chose de plus compliqué...

« Qu'est-ce que je vais en faire, de cette gosse ? Elle doit dormir maintenant. — Elle est très gentille... Je suis bien, avec ma fraternité honoraire... De la poudre insecticide ! dirait Silly. — Ma foi non ! Elle est très gentille pourtant... cette robe grise incontestablement « modeste » avait l'air de quelque chose sur elle... et puis elle était bien *dans le ton* de mon cabinet, c'est énorme !... Les pantoufles d'Odette lui allaient très bien, et elle a un pied rare, Odette... Si elle me voyait, Odette !

Me voilà transformé en asile de nuit pour jeunes personnes de quatorze ans... Elle doit dormir maintenant...

Vallonges frappe doucement à la porte, puis l'ouvre doucement.

Aimienne a plié bien soigneusement ses vêtements sur une bergère... et puis, aussitôt au lit, elle s'est endormie de fatigue... comme elle était... toute perdue dans ses cheveux défaits... la couverture ramenée jusqu'au menton, une petite épaule mince seulement et un petit bras mince dehors, un joli bras d'enfant aux lignes effilées...

— Est-elle assez gentille comme ça !

Vallonges la regarde longuement et hausse les épaules... il rentre dans son cabinet, secoue les coussins du divan, constate que le feu est tout à fait tombé et qu'il n'a aucune envie de le rallumer... Il rentre dans sa chambre à coucher avec un livre, tire une bergère près de la cheminée, s'y jette et s'étire...

—

(La chambre à coucher de Vallonges est toute

drapée d'une étoffe imprimée, « orange pourrie », de Voysey, semée de vols d'oiseaux sentimentaux et un peu japonais, des oiseaux partout, à tire d'ailes... « Trop d'oiseaux ! » dit Kerante...

Le grand lit bas, en pied, sous des tentures... deux de ces bergères larges et profondes que l'on appelle marquises et où l'on s'asseoit si bien à deux... une table à plateaux au bas du lit... et c'est tout... horreur des meubles inutiles !

Sur la cheminée une petite terre cuite de Clodion dont Vallonges est assez fier : une nymphe nue, frêle, timide, assise à terre, les jambes repliées sous elle, s'appuyant d'une main au sol, tenant distraitement de l'autre main une fleur qu'elle regarde sans la voir... (Il a « trouvé ça pour rien » aux environs de Grenoble et n'a jamais eu le courage de la revendre...)

Le cabinet de toilette est tout laqué blanc et assez compliqué, avec une cretonne à fleurettes bleues et des nattes... Armoires et robinets.

Tout ça fait un appartement bien Liberty-Morris-Jansen ! Mais que voulez-vous !... — « C'est le mal de Maple ! » dit Silly. — « Oh ! » dit quelqu'un...)

— Eh bien! elle est là, cette petite, voilà tout!... est-ce que je vais m'exciter dessus, maintenant!... D'abord elle dort!... et puis elle n'a pas l'âge réglementaire... et puis elle ne saurait probablement pas du tout de quoi il est question... des responsabilités, ah! non! merci!... et puis... J'suis bête!...

Il chantonne :

— *Dors, dors bien tranquillement... Tra, la, la, la, la... sur ton innocence!*

« Qu'est-ce que je vais en faire. de cette gosse?... Elle est gentille!... c'est égal, je suis joliment bien dans mon rôle d'ange gardien!... « *Un ange au radieux visage, — Penché sur le bord d'un berceau* »... on nous fait apprendre ces machines-là par cœur quand nous sommes trop petits pour nous défendre, et nous ne pouvons plus les oublier après!... « *Charmant enfant qui me ressemble, — Disait-il, oh! viens avec moi, — Viens nous serons heureux ensemble...* » Tiens, je ne m'étais jamais aperçu que c'est obscène!...

« Elle a une naïveté pas naïve qui est drôle comme tout... « Je m'appelle Aimienne, mais on

m'appelle Mimi... » — Pauv'gosse qui recevait des
gifles de « la maîtresse à papa » ... Est-elle assez
gentille dans ses cheveux !... on ne voit que le
bout de son nez comme cela, et ce bras... Si je
regardais ce qu'elle a dans ses poches... Un mou-
choir... marqué ? — c'est toujours au quatrième
coin, la marque — marqué A. F... Une clef avec
un numéro de cuivre : 23... la clef de l'hôtel... Un
porte-monnaie avec... vingt, quarante, soixante,
soixante-dix, quatre-vingt... quatre-vingt-treize
francs ! Elle est très riche, ma protégée, elle a une
dot... ça doit être « l'argent de ses étrennes »
... c'est tout. Comme renseignements, c'est insuf-
fisant... Bah ! on me renseignera bien à la Préfec-
ture, si je veux... si elle a filé depuis avant-hier, on
a déjà dû la réclamer... Je lui ai promis de ne pas
la ramener, mais... D'ailleurs je ferai aussi bien de
me renseigner... Si ce qu'elle m'a raconté est vrai,
je ferai peut-être aussi bien de la mettre ailleurs...

« Ah ! et puis je m'occuperai de tout ça demain...
je lui ferai donner des détails... Il est quatre heures... Si je veux dormir un peu... »

CHAPITRE QUATRIÈME

I

Mimi dort, et Vallonges ne dort pas.

(Il se sent des dispositions philosophiques... j'ai
peur qu'il ne soit un peu ennuyeux... J'aime
autant prévenir : il va revenir sur « son passé »
... puis il est probable qu'il pensera à Odette. Ceux
qui préfèrent dans les récits la rapidité au soin
psychologique peuvent passer tout de suite — ils
auront tort — au chapitre suivant... Mimi s'y réveillera certainement. Pour le moment, elle dort sous
son bras, la bouche entr'ouverte. Que voulez-

vous que fasse Vallonges?... Il monologue... avec
quelque ironie encore, et peut-on — il est quatre
heures du matin — lui reprocher d'abuser un peu
des idées générales... c'est un peu de son énervement de la journée qui surnage... D'ailleurs, Laurence Sterne a dit : « *Pourvu que l'on conserve le
fil d'un sujet, on peut aller en avant ou en arrière,
et cela ne doit pas être compté pour une digression*»,
et Laurence Sterne s'y connaissait.)

Vallonges songe qu'il a une «aventure » — et que
c'est une *petite* « aventure » ... et que toutes les
« aventures » sont petites...

— Les mœurs sentimentales, aujourd'hui (je
n'en veux pas médire), ne sont guère complai-
santes à fournir aux jeunes gens-de-lettres les
aventures galantes et décoratives, éperdument
passionnées, faites de folies et de dévouements,
qui leur inspireraient quelque histoire héroïque...
et ce n'est pas ma faute...

« On se ruine peu pour les demoiselles... d'a-
bord parce que l'on n'a pas d'argent, ensuite parce

qu'elles ne vous y engagent pas : ça leur ferait du tort...

« Les adultères, autrefois « criminels », sont devenus tout légalement « délictueux »... Et même il semble que nos jeunes filles (combien je les préfère ainsi !) n'aient plus les mêmes blanches dispositions que sous l'Empire et les premières Présidences à briser leurs ailes au seuil si désillusionnant des chambres de noces... pour en rester mélancoliques et méconnues à jamais ; je crois que les bons ménages sont à la mode... qu'ils soient à deux, à trois ou à quatre.

« Tout s'arrange de trente en trente ans... Le cœur a ses époques... comme l'Histoire Universelle, et je n'ai pas l'imagination ni le goût d'y rien changer... C'est si bien comme cela !...

« Seulement je voudrais que l'on reconnût que « l'état de choses » offre assez peu de ressources littéraires du côté du lyrisme pour que l'on se croie autorisé à en chercher d'autres du côté de l'exactitude... L'« aventure » qui me prive ce soir de mon lit, pour toute simple qu'elle est, est encore exceptionnelle — et des années peuvent se passer sans que je trouve rien d'aussi pathétique... car c'est très pathétique !...

Vallonges étouffe deux ou trois bâillements pro-
fonds.

— La sentimentalité, aujourd'hui, est légère...
Un poète de mes amis a écrit très doucement en
prose : « *Les femmes se donnent et se reprennent,
comme elles donneraient une fleur* »... Jolie résignation ! tendre et souriante, indulgente et un peu
timide !... Je n'aurais jamais su être si respec-
tueux...

« C'est cette botanique-là que nous aimons...

« Il faut que nous les prenions, les femmes, et
que nous les effeuillions, et que nous les respi-
rions, et qu'elles se fanent, comme des fleurs... Il
n'y a pas de comparaison plus convenable... Nous
pouvons parler ainsi de la beauté délicate de leurs
pétales nuancés, ou bien, naturellement, de l'exal-
tation où nous met leur parfum enivrant... c'est
la spécialité de Silyande. On peut aussi faire un peu
de classification après la promenade... Un herbier...
Entre les pages de nos petits livres mettre soigneusement sécher ces fleurettes — oh ! la sécheresse !
fleurs des champs ou fleurs des serres — en leur
restituant, le mieux qu'il nous sera possible, leurs

attitudes gracieuses, leurs teintes, leur sourire...
Littérature ! Le parfum et l'éclat vivant n'y sont
plus... Mais si l'art était trop semblable à la vie, la
vanité des artistes serait trop grande, et rien n'est
fatigant comme la vanité des artistes !...

Vallonges bâille encore une fois.

— Non... mais... cette gosse qui dort là... —
pense-t-il — qu'est-ce que je vais en faire ?...

II

Raoul de Vallonges a eu, comme cela a lieu, de
grandes crises sentimentales vers vingt ans... Puis
il s'est laissé aller à diverses amours faciles qui
l'ont, pour un temps, provisoirement satisfait —
mais peu...

—

Si les béguins de toutes les premières petites
filles (d'ateliers ou de brasseries), qui ont tendu les
lèvres à leur tour, s'entr'ouvraient parfois sur des

coins d'âme bleue exquis, naïfs ou compliqués, cependant manquaient-ils toujours vraiment trop
d'intimité. Et lorsqu'à la suite d'améliorations pécuniaires bienvenues, Vallonges passa, des fraîches
passades qui marquaient à peine, à des liaisons un
peu plus insistées, s'il fut heureux d'y trouver
plus d'élégance apparente et de façons, il n'y
trouva guère plus de sécurité à s'alanguir...

Certes il ne faillit jamais à considérer chacune
de ces liaisons comme tout à fait provisoire et à s'y
donner comme telle... mais c'était tout de même
un provisoire par trop provisoire... trop incessamment traversé de manifestations contrariantes des
éducations un peu négligées de ces jeunes personnes...

On a beau, comme Vallonges, être « méthodi-
quement » exempt de « jalousies » que rien n'ex-
cuserait dans l'espèce, les amants passés, présents
ou futurs dont ces jeunes personnes ont le manque de tact de vous entretenir trop souvent vous
font éprouver au moins le petit recul que
l'on a si l'on rencontre une mouche dans son
verre... On ne sait pas d'où ça vient, une mouche...

Aussi avait-il toujours fallu que des éléments

étrangers à l'«amour» intervinssent — (par exemple la profonde et sensuelle pitié qu'il avait eue
tout un mois, à sentir frissonner, presque mou-
rante entre les bras, une petite malade pâle et fié-
vreuse...) —... intervinssent, pour créer un enthousiasme théâtral auquel quelques-unes de ces images emprunt... assent assez de fermeté pour que
le souvenir de Vallonges, au cœur désœuvré certains soirs, les pût choisir parmi les ingrédients de
l'impression d'ensemble, d'une indifférence un peu
oublieuse et sans regrets, qu'il s'était faite de ces
mois d'information...

—

— Si j'ai demandé à toutes ces personnes, se
dit Vallonges, de me saouler du genre de sensation
voluptueuse que représente pour moi ce mot
tendresse qui s'étire et que j'aime, je n'ai pas
jugé sans doute que toutes ces petites filles suc-
cessives continssent beaucoup de cette chère tendresse... car je ne les ai jamais gardées longtemps...
C'est pour cela qu'il y en a eu beaucoup. J'y ai pris
de l'habitude, et pas trop de mauvaises habitudes... ne nous en occupons plus...

Vallonges fait un tour dans la chambre — s'arrête devant le lit : la jeune Mimi n'a pas bougé...

— Qu'est-ce que je vais en faire ? — se demande Vallonges.

Puis il reprend le cours de ses réflexions de sentimentalité rétrospective :

— En somme... je n'ai eu que deux *maîtresses* dont je doive véritablement tenir compte... qui, dans de bonnes conditions, m'aient satisfait vraiment, m'aient permis de vérifier, à ma grande joie, que je ne me trompais pas lorsque je prévoyais en hypothèses passionnées, très adolescent, au bord de la mer, de quelle façon je sentirais le mieux le bonheur...

Elles furent *tendres*...

Et Vallonges s'enfonce dans sa bergère pour mieux songer à cette tendress ..

—

Il est temps d'indiquer que Vallonges a le visage ovale... bouche moyenne... un peu pâle... cheveux châtains coupés courts et le front dégagé... peu de moustache... les yeux clairs, marrons ou gris, peut-être verts... grand, mince.... je crois que c'est tout.

III

— *Tendresse!* — répète Vallonges. Comment pourrai-je expliquer jamais ce mot que j'aime... je n'essayerais certes pas une définition précise, et les « indications d'émotions » ne réussissent qu'auprès de ceux qui mettent une bonne volonté parfaite à comprendre... les *mots*, on l'a déjà remarqué, sont d'un emploi si délicat !...

« Cependant, que l'on y prenne bien garde, la *tendresse* est une *sensation*... Ce n'est même la plus forte des sensations que pour ceux qui en ont, comme moi, le goût spécial... Kerante, chaque fois que l'occasion s'en présente, interrompt les développements que je tiens tout prêts sur ce beau sujet en déclarant qu'il préfère un cigare de telle façon à la plus langoureuse langueur... et ce n'est pas absurde si l'on comprend bien comment la tendresse est faite de la part de langueur qu'entraînent et dont s'enveloppent certains plaisirs...

« Les minutes de volupté les plus profondes

ne sont-elles pas, pour moi, celles où l'on demeure sans bouger, après la journée de caresses essouflantes, éreinté, la joue contre l'épaule moite de la personne qui est là (et que j'aime), bien dans ses bras et blotti contre elle de tout son corps... lorsque les genoux et les coudes ne gênent plus et que l'on ne peut plus cesser de sourire...

« C'est l'heure où « il est temps de se lever »... mais on reste « encore un peu »... parce que l' « on est si bien »...

« La *tendresse* est le reflet intellectuel de cela... phrase prétentieuse et qui ne définit rien...

« Plutôt — si l'on était un peu fatigué ce jour-à (ou bien s'il y avait d'autres raisons pour cela) — on a préféré rester seulement assis près de cette personne, sur le devant du petit fumoir, touchant ses mains (les siennes et les autres), regardant la lumière de cinq heures, adoucie par les stores de tussor... avec des entredeux de guipure... se faire soyeuse sur les joues duvetées...Mêlant des regards appuyés à une conversation à bâton-rompu...quelques baisers au tempes... (les petits cheveux volettent au souffle du baiser)... Un engourdissement si lointain... Elle est un peu dégrafée...

« L'on a préféré cela, presque rien — (je dis « préféré »... peut-être avait-on peu de temps) — aux manifestations possessives qui dans la pièce à côté, où les objets de toilette sont préparés, nécessiteraient après que l'on se recoiffât... C'est, m'a-t-on dit, être sentimental...

« Après de semblables ravissements, lorsque l'on s'est quitté, s'il fait beau temps (et il fait beau temps), marcher lentement un peu par les rues, tout à la gravité de respirer « le parfum de son bonheur »... C'est une chaleur légère dont toutes les pensées sont attiédies... dont toute la sensibilité est fortifiée... On a conscience d'être la meilleure expression de soi-même.... on est « en forme »... on est tout à fait bien... c'est la *tendresse*.

« Et lorsque j'expliquerai à Kerante, que je retrouverai tout à l'heure devant un xérès en hiver et un Pernod blanc en été, cet heureux état... il interrompra : « Oui... oui... oui... moi j'obtiens cela très bien avec des cocktails à l'absinthe. » — Excellente réflexion ! »

« La tendresse est une griserie, — la griserie qui

nous vient de la présence abandonnée de la femme...

Vallonges, par une incorrigible habitude d'esprit, n'abandonnera pas une comparaison dont il est content sans essayer d'en tirer encore quelques idées générales...

— Certes! et je n'ai trouvé la sécurité de m'abandonner à cette griserie que lorsque j'ai pu disposer de liqueurs de bonne marque... On manque d'enthousiasme à se griser de mélé-cass'... et il est déplaisant, fussent-elles servies dans des carafons luxueux, de se délecter à des anisettes de chez Potin ! maintenant...

Vallonges veut se verser un verre de porto. Il s'arrête de nouveau devant la jeune Mimi endormie : elle n'a toujours pas bougé... ses cheveux dorés et son épaule mince...

— Qu'est-ce que je vais en faire? se demande Vallonges. — Elle est gentille comme tout...

Mais il s'endort dans la bergère avant d'avoir pu se répondre...

IV

C'était auprès de Madame Bressier, d'abord, que Raoul de Vallonges, lorsqu'il pensa que le moment était venu — (ce qu'il se déclara à lui-même en se disant un soir : « Je ferais un amant charmant ! »... tout comme nous le verrons sans doute dire plus tard : « Je ferais un excellent mari ») — ce fut auprès de Madame Bressier que Vallonges mit d'abord en action les belles dispositions sentimentales, — bien émondées d'illusions vraiment inutiles depuis les maladroits élans d'autrefois, par quelques années d'expériences efficaces, — qui l'engageaient à vouer sa jeunesse à la recherche d'une tendresse heureuse.

Geneviève Bressier, finissant déjà d'être jeune, restée enfantine cependant, avec un visage clair, effacé comme une fleur de gerbe sous les chers cheveux cendrés, de la nuance que l'on ne peut pas songer à teindre, et généreuse de sa souple chair parfumée dont elle s'était peu servie, fut très douce et très sûre...

Timide jusqu'à être restée simplement sans amant jusqu'alors, ayant cédé à Vallonges en résistant, parce qu'il le lui demandait, mais avec la conviction anxieuse qu'il la ferait souffrir, elle eut pour lui, lorsqu'elle fut enlacée, frissonnante et toute prise, une sorte de reconnaissance profonde et tranquille — si tranquille qu'après une douzaine de mois, — dont trois ou quatre, à plusieurs intervalles de séparations et de correspondances, — Vallonges, attendant Geneviève, sentit peu à peu s'émousser le plaisir qu'il avait à l'attendre...

Je n'ai à raconter ici (j'en ai déjà un peu parlé ailleurs) ni les douze mois de cet amour ni le dernier mois.

—

Mais, dût mon héros y perdre quelques faciles sympathies, j'indiquerai que ce sentimental Vallonges avait, « en amour », des théories un peu brusques.

Il n'avait pas l'intention de faire successivement de chacune des femmes qu'il aimerait, un ange attendu et définitif... Il pensait que l'on ne reussit ainsi qu'à s'attarder avec plus ou moins d'imagination auprès de fantômes de plus ou moins bon goût, en perdant, pendant tout le temps que dure cette erreur (ensuite douloureuse à vaincre), la lucidité d'aimer vraiment les femmes que l'on a telles qu'elles sont et tant qu'on les a...

Il pensait même, prévoyant les principaux cas à prévoir, qu'il ne faut pas trop s'effrayer de la nécessité de quitter le premier une bien-aimée qui va ne plus être jeune... ou qui vous « trompe » pour des raisons d'argent, avec un israélite trop marqué... ou qui, simplement, vous aime et vous ennuie...

S'il fallait ménager le chagrin de la première, et rester trop longtemps l'amant excédé d'une femme qui vieillirait vite — elle-même ne souffrirait-elle pas davantage à vous voir vous éloigner peu à peu d'elle ?... Peut-on se donner le ridicule de ne pas admettre, aussi facilement qu'elle la subit, la faiblesse d'une enfant étourdie et dépensière — la gêner de sa surveillance, peut-être même l'embarrasser de vagues idées de remords qu'elle démêlerait très mal !... Et si une femme vous ennuie...

Ce sont trois cas quelconques. Il faut aussi tenir compte de beaucoup de fâcheuses complica-

tions possibles : enfants maladroitement adulté-
rins, flagrants délits, et autres cérémonies civiles...
Vallonges avait suffisamment médité ces thèmes
principaux de la passion : il pensait qu'un peu de
muflerie y était le meilleur remède...

Il en était arrivé, par politesse pour l'Idéal, à
faire, très haut, une respectueuse exception pour
le cas d'un «*grand amour*» possible... possible...
si fort que... Même, comme il ne tenait pas du
tout à ce que ses opinions fussent originales, il admettait volontiers, et cela ne lui faisait pas de tort
dans les familles, que c'était dans le mariage (plus
tard), qu'il réaliserait cet amour parfait dans des
conditions qui... (il n'y comptait pas trop).

Ceci posé, et en attendant, il ne doutait pas de
l'efficacité actuelle de son égoïsme passionné,
convaincu qu'en agissant très sincèrement selon.
son intérêt personnel il agirait aussi, au mieux des
circonstances, selon l'intérêt de ses amies... « parce
qu'il y a des lois générales »...

Les femmes étaient des *objets*... des objets chéris et caressés, émouvants et adorables, mais des
objets... des accessoires... il ne les *comparait* pas...

— *Comparer !* — disait encore l'autre jour Kerante à Silvande qui s'entêtait à lui expliquer que
Lydie était incomparable — *comparer !* c'est là que
l'erreur sentimentale commence ! — Que tu places,
avec une outrecuidance généreuse, telles émotions
que te fournit la divine Lydie au-dessus de toutes
les émotions que tu as connues... cela peut être
vrai à l'instant... c'est excusable aux moments d'enthousiasme... et c'est très poli... Soupirs confon-
dus, expressions étouffées, égarement et délire !...
Mais vouloir établir, d'avance, que telles seules
extases... que tu imagines souvent plutôt que tu
ne les vérifies, ô lyrique ! seront, quoi qu'on en ait,
au-dessus de toutes les émotions connues et in-
connues — et c'est comme cela que tu fais, et il
n'y a pas que toi ! — me semble une piètre faiblesse,
très peu scientifique, et, si j'y songe, un pauvre
éloge pour celle qui inspire cette sottise...

— Très bien ! avait dit Vallonges.

Silvande avait haussé les épaules, et cité un vers
de Byron qui n'avait pas directement rapport à la
question :

    So coldly sweet, so deadly fair !

Puis Vallonges avait assez bien conclu que ces
erreurs se présentant sous cent formes diverses,

il fallait avoir soin de les éviter moins dans le détail de ses sentiments que dans leur ensemble...

— Baigné dans la tendresse de celle-ci, on peut
se permettre toutes les charmantes exagérations,
pourvu qu'il soit bien acquis que la tendresse différente d'une autre ne sera pas encore définitive...

Silvande s'était indigné :

« O Vierge, à mon enfance un Dieu t'a révélée
Belle et pure ; et rêvant mon sort mystérieux,
Comme une blanche étoile aux nuage mêlée,
Dès mes plus jeunes ans je te vis dans les cieux ! »

— Oui, chéri ! avait dit Kerante.
(Cette conversation s'est renouvelée quelques
centaines de fois entre eux.)

Donc, pendant le courant du treizième mois,
Vallonges décida de remplacer l'amour de Geneviève par une autre soirée de tendresse, comme on
songe à changer de restaurant, pour éviter la dé-
testable satiété... Il ne faut pas que l'habitude
d'appeler le maître d'hôtel Charles vous vainque...

Sur Geneviève il avait vérifié l'importante hypo-
thèse de jeune homme que *ça serait bien meilleur* dans toutes les conditions voulues de décors. — *Ca*: c'était la tendresse. Mais il n'avait jamais pensé à *toujours...*

Vallonges pour « rompre » avec Geneviève...
Oh !... ce ne fut pas très *Werther...*

Vallonges attendit, pour ne pas se trouver « à
court » que la petite Madame Laurent, dont il avait
distingué la souplesse blond-doré et rieuse, et qui
était pleine de bonne volonté, lui eût répondu :
« Allons ! — on fera ça pour vous ! » — et dit à
Geneviève, un soir (il pensait qu'il y a une certaine honnêteté à dire ces choses-là au lieu de les
écrire... et puis on a plus de facilité à pouvoir revenir sur ce que l'on a dit), — il dit donc à Geneviève, un soir, avec une émotion sincère, qu'il...
« espérait bien qu'elle resterait son amie »...

Elle pâlit un peu, en entr'ouvrant la bouche, puis
elle se mit à rire...

Il lui expliqua alors, longuement, qu'il lui devait
trop de bonheur pour supporter la pensée que ce
bonheur s'achevât un jour en mensonges... et

9

qu'il avait pris la décision de ne pas attendre que
la lassitude vînt à l'un d'eux, préférant sacrifier
tout le bonheur qu'il aurait encore reçu d'elle à la
crainte que n'en fût terni jamais le souvenir adorable...

Elle pleura follement et sans bruit. Il pleura
aussi... Et de fait le courage lui manquait presque
à exécuter ce qu'il avait si facilement résolu... Ils
se reprirent à une ferveur désolée...

Le lendemain il reçut une longue lettre d'elle :
elle lui écrivait qu'elle avait comprit ses raisons...
qu'il était le plus noble cœur qu'il y eût... qu'elle
était bien malheureuse... qu'elle savait ce qu'il devait souffrir... qu'elle serait sa meilleure amie —
et qu'elle allait passer quelques semaine à la campagne, dans le Midi...

Vallonges, il faut le dire, erra toute la nuit à
travers Paris en proie aux doutes les plus tortu-
rants. Il en triompha par fatigue à les résoudre. Il
se permit même un peu de médiocre vanité pour
avoir organisé une émotion aussi forte, commanda,
pour y garder les lettres de Geneviève, un joli
coffret gravé de deux dates, et obtint pour le sur-

lendemain un premier rendez-vous d'Odette Laurent... dans les Arènes de la rue Monge — un endroit stupide.

Geneviève, comme Vallonges l'avait pensé, vieil-
lit assez vite, se passant délicatement comme si
sa beauté s'éloignait. Elle devint pour lui une amie
douce et indulgente, d'une maternité équivoque
et charmante... Lorsque, peu de temps après leur
séparation, elle fut devenue veuve et sans enfants,
il passa souvent près d'elle des après-midis repo-
santes d'affections tranquille, ne se gênant pas,
aux jours gris, pour se plaindre avec injustice des
diverses choses de la vie, assuré d'avoir, avec le thé,
les toasts comme il les préférait...

Cette nouvelle tendresse valait mieux que la
suite qu'il eût pu donner à une liaison certainement tiède et bonne, mais que la disproportion
trop sensible des âges eût alourdie... Ce fut une
amitié...

Certes, si l'on était obligé, parce que l'on a été
amants, à demeurer guindés l'un contre l'autre
pour le restant de ses jours, étant donné que l'on
prend généralement ses maîtresses dans les milieux

où l'on fréquente le plus, ce serait tout à fait incommode... et l'on s'arrange... Mais cette fois il y
eut mieux... Geneviève fut mieux aimée comme
amie que comme maîtresse... Elle a dû justement
revenir à Paris hier... Vallonges devait aller la voir
demain...

V

Les folles amours de Raoul de Vallonges et
d'Odette Laurent avaient débuté de la façon la
moins passionnée... Je suis désolé d'avoir à l'avouer.

La petite Madame Laurent fut, à un dîner chez
les Jardes, la voisine de Raoul de Vallonges. Il ne
fit guère attention à elle, parce qu'il avait comme
autre voisin un journaliste dont il avait besoin,
mais Madame Laurent, après deux essais d'amants
manqués, subissait alors une crise de si profond
ennui, qu'elle fit plus attention à lui... Elle s'était
déjà convaincue, avec un gentil courage et des arguments simples, que « ce n'était pas une raison

parce que ça avait raté deux fois... » ... et pensait
qu'un nouvel essai, même malheureux, la distrairait toujours — en tout cas ne l'engageait pas à
grand chose... Elle reprit vaguement ces réflexions
tout le long de la soirée... et étouffa un bâillement
qui était presque un soupir... Sur la table un se-
mis de pétales de violettes autour des verres allait
rejoindre au centre de la table une corbeille d'orchidées basse... Ils furent ravis, plus tard, de se
souvenir tous deux de ce détail...

Pendant le mois qui suivit cette piquante entre-
vue, les circonstances se firent un plaisir de rappro-
cher Raoul de Vallonges et la jeune Madame Laurent. Odette était la meilleure amie de Jeannette Silly
que cela amusa beaucoup de « s'entremettre »....
Vallonges commença par trouver Odette d'un joli
blond... puis il apprit avec plaisir qu'elle n'était
pas en main... — car un des seuls scrupules qu'il
jugeât bien d'appliquer était de ne pas troubler
sans nécessité un amour en activité — ... il plut
assez, et Odette s'ennuya moins...

Nous savons que Vallonges n'attendait que de
n'être pas « à court » pour laisser sa chère Geneviève. Il se fit bientôt part des sentiments que lui
inspirait Odette sous la forme bien parisienne

de : « Ça pourrait peut-être coller quelque temps...
qu'est-ce que je risque ?.. » — Il fit part ensuite
de ces sentiments à Odette avec plus de politesse
... mais sans débordements de passion...

— Qu'est-ce que vous diriez si j'acceptais?

— Je dirais merci...

— Merci qui?...

— Merci, madame...

Ces enfantillages sont charmants! Et elle ac-
cepta.

Si jamais deux amants échangèrent leur premier baiser avec l'intention de ne pas s'aimer,
c'est bien ces deux-là. Ils n'espéraient pas grand
chose l'un de l'autre; mais il se trouva justement
qu'ils se convenaient parfaitement l'un à l'autre.

Odette pouvait très bien plaire à Vallonges.
Elle avait le genre de « charme discret » qu'il pré-
férait. Le charme qu'il aimait dans le portrait de
Mademoiselle Fel par Latour qui est au Musée de
Saint-Quentin, et dont il avait une bonne photo-
graphie au-dessus de son divan...

Des cheveux pâles et soyeux, des yeux fins, le
teint délicat et bleu, se meurtrissant vite à la fatigue (la fatigue est le fard des blondes), et des
lèvres d'un rose fatigué — des façons vannées de
pencher la tête — et un joli corps blanc, fluet,
tout frissonnant aux effleurements, et d'une aci-
dité de lignes dont aucune inégalité de dévelop-
pement, malgré la jeunesse, n'altérait la min-
ceur...

Odette était tout à fait chatte blanche. Elle
aimait précisément s'émouvoir aux caresses que
Vallonges aimait faire... Après deux séances de
sourire nerveux leurs chairs furent tout à fait
d'accord, et bien mieux qu'ils ne l'étaient encore
eux-mêmes...

Car ils avaient vraiment conclu si vite leur « adultère de raison » qu'il leur en restait comme une certaine gêne. Ils en évitaient l'inconvénient par des
exagérations de très correcte désinvolture...

— Moi, dès que je vous ai vu j'ai compris que
vous pourriez m'aller pour quelque temps —
aussi je ne me suis pas fait trop prier, hein?

— Vous avez été charmante. J'en ai été ravi;

d'autant que par suite de circonstances dont vous me permettrez de ne pas vous importuner, je cherchais justement... Je ne pouvais trouver mieux...

— Vous êtes trop aimable !,.

— Mais non... je vous assure... depuis que j'ai l'occasion de vous regarder avec soin je vous trouve étonnamment jolie !..

— Fi monsieur ! La beauté n'est rien... ce sont les qualités du cœur seules qui méritent...

— Montrez votre cœur ?

— Il est là-dessous, monsieur !

— Ma chérie !..

Ce fut le long de semblables marivaudages, dont le sens réel devenait plus caressant chaque jour, que Vallonges et Odette apprirent à se plaire de plus en plus ensemble. Ils avaient commencé par deux rendez-vous par semaine, puis elle vint presque chaque jour. Elle lui donnait bien toute la chère tendresse légère dont il avait besoin, et ses bras l'enlaçaient bien de bonheur.

Ils pensèrent bientôt que cela durerait « plus longtemps que cela » et ils se le dirent en riant.

Ils considéraient certainement maintenant leur liaison comme une des bonnes choses de leur vie. (Ah! passagère sans doute! est-ce que quelque chose dure!.. est-ce que le petit Machin et la petite Une telle, qui s'adoraient, ne viennent pas de se lâcher!.. on sait bien que ça finira!.. — « C'est toi qui en auras assez... » — « Ou toi! » — « Peut-être. » — « Mais on se quittera gentiment, s'pas? » — « Et on restera bons amis. ») — Ils étaient raisonnables, raisonnables, raisonnables, ils ne se faisaient serments et scènes qu'en blaguant, mais tout de même leur tendresse était devenue forte... Ils se convenaient si bien...

VI

(Je crois vraiment que Vallonges endormi rêve d'Odette...)

Elle lui convient si bien...

Elle a de la douceur, de l'élégance intime, de la jeune mélancolie, de la fragilité... tout ce dont il est touché. — Elle parle drôlement ce précieux et indulgent argot mondain (et demi-mondain) pour lequel on sait que Vallonges a une passion de philologue. — Elle est « au courant »... a tous les snobismes qu'il faut sans aucune érudition voyante... et elle se parfume violette et iris... — Elle sait dire sérieusement, d'un livre, sans l'avoir lu : « Il y a des passages intéressants. » — Elle est tout simplement une gentille petite jeune femme... une gentille petite camarade d'aujourd'hui, avec de petites lassitudes et de petites tristesses, des fous rires et des phrases folles, quelques névralgies... un goût sincère pour le plaisir, et beaucoup de soigneuse admiration pour sa petite personne blonde...

— Est-ce que j'étais jolie hier soir ?

— Tu me trouves jolie ?

— Viens voir si je suis plus jolie que tout à l'heure... J'ai les yeux plus foncés, s'pas !... C'est ta faute... Ils sont d'un joli vert, mes yeux !...

Comme Odette est gentille !

Je veux vous les montrer un peu ensemble... c'est plutôt par amour des *préparations* un peu longues que dans l'intention de vous « exciter à la débauche». (Les *préparations* ménagent le futur intérêt des détails, et si j'esquisse ces faciles médaillons d'amoureuses, c'est moins pour passer le temps pendant que Vallonges dort que parce que je suis persuadé que vous le connaîtrez mieux après...)

Odette... — Laissée sur le lit *en salade*, une jambe étendue, l'autre un peu relevée, les bras pliés derrière la tête, un petit sourire laissant voir l'éclat des dents entre les lèvres humides, l'ombre claire des cils bougeant doucement sur les joues lorsqu'elle ferme un peu les yeux, tandis que penché sur elle il se caresse les lèvres aux hanches, aux épaules, aux seins, aux lignes timides... — « T'aimes mes nichons, dis ? »...

Comme il goûte ce petit corps nacré, parfumé, tiède, amoureux, donné... ah ! bien d'autres adjectifs encore, et l'on ne sait comment les ranger !... Tout à l'heure — (et peut-être tout à l'heure encore) — il tenait tout dans ses bras ce cher bijou de chair suave, elle croisait ses poignets minces de côté en tendant l'épaule, elle riait parce que les mèches de cheveux tombaient dans leurs longs baisers, et elle a renversé brusquement la tête en arrière comme elle fait toujours... les lèvres froides...

Maintenant ils sont séparés, mais leur étreinte n'est pas évaporée encore... Il posera la tête entre l'épaule et le sein, glissant un bras sous elle, laissant son autre main aux hanches... elle lui chatouillera les yeux de ses doigts fins... De temps en temps ils se relèveront ensemble sur un coude, tendront leurs lèvres pour un baiser, un petit baiser... puis ils se blottiront de nouveau...

— Mon chéri !...

— Ma chérie !...

Peu à peu ils s'attendrissent... fatigue et crépuscule. Elle lui prend la tête entre ses mains :

... — Mon petit... mon pauvre petit !...

(L'autre jour, chez les Presgirault, Vallonges lui a montré dans un numéro de la *Revue de Paris* qui traînait sur une table, que lorsque M. Ary Renan était bébé « *les mots* pauvre petit *étaient pour lui l'expression de la plus vive tendresse* » — il y avait beaucoup de monde, ils ont échangé un délicieux sourire...)

— Mon pauvre petit...

Elle dit cela si bien, elle le murmure et il sait qu'elle le dit, et il ne se souvient pas avoir jamais mieux frissonné de *ten-dresse* qu'à lui entendre répéter lentement, en appuyant sa joue douce contre la sienne, « mon petit... mon pauvre petit...»

— Il s'abandonne...

— Ma chérie !...

Odette encore... — c'est son coup de sonnette et deux petits coups d'impatience à la porte.

— Embrasse-moi !... Ne me chiffonne pas, je ne peux pas rester... je suis passée tout de même te dire bonjour... et puis je voulais te montrer ma veste de loutre. Je ne trouve pas que le col... n'est-ce pas?... J'ai eu tort de me décider pour la loutre... enfin ça y est!... Faut que je fasse un tas de visites : comme ça, nous serons tranquilles la semaine prochaine... J'ai dit à mon mari que je passerais chez toi t'inviter à dîner pour lundi... Il a fait sa tête de « convenances », mais comme ça j'ai pu prendre la voiture... lundi, n'oublie pas. Je vais chez la vieille Morand... chez Hélène Stolon... où ça encore?... Ah! chez Simonne d'Omeure où j'ai rendez-vous avec Jeannette Silly pour aller ensemble chez la mère de Guislain... on s'embê- tera... Et puis il faut que je passe chez la modiste pour ma toque bleue... Ah! et puis nous dînons ce soir chez les Schmitzmeyer... rien que la magis-

trature assise... tâche de venir après dîner ; sans
cela je sécherai d'ennui, et tu me débarasseras
d'un jeune substitut qui s'entête à vouloir coucher
avec moi... oh ! il n'arrivera à rien, sois tranquille... Je te dirai si je peux venir demain... Si je
ne te vois pas, attends-moi demain jusqu'à quatre
heures et demie... Si je ne suis pas venue, c'est
que je ne pourrai pas... jusqu'à cinq heures... attends-moi jusqu'à cinq heures... c'est à peu près
sûr que je viendrai... là... je me sauve... à ce
soir... »

Odette encore... — un autre jour :
— Je suis venue tout de même... mais tu sais
je suis très respectable aujourd'hui... Si je n'ai pas
apporté de camélias rouges c'est parce que ce n'est
pas la saison... Je vous fais une visite, cher
monsieur !... Tu sais, en venant, rue Royale, je
regardais les petites tortues chez Templier, j'ai vu
passer ton ami Kerante avec une petite femme
tout à fait jolie, en gris foncé, très chic... tu lui
feras mes compliments... des compliments anony-
mes... Oh ! je vais tout de même enlever mon chapeau... là... Dis donc ? Combien y a-t-il de femmes

avant moi qui ont mis leurs chapeaux sur cette
Femme inconnue là ?... J'espère au moins que
maintenant tu n'en amènes plus... que tu te rends
à domicile. — Oh ! tu sais, après demain je vais
à la Renaissance avec les Presgirault... si tu n'as
rien à faire tu peux te trouver dans la salle avec un
camarade, je te permets... Veux-tu — on va s'asseoir tous les deux sur le divan et rester bien sa-
ges... Dis?... Attends que je dégrafe un peu plus...
Mets la tête là... mon chéri... embrasse-moi... —
Alors ça te fait tout de même plaisir que je vienne
te voir comme cela ?...

Ah ! vous sentez bien que Vallonges a été très
mécontent que Georges Laurent se soit entêté à ce
ridicule voyage en Italie...

Odette et lui ne s'étaient pas séparés encore...
l'autre été on a villégiaturé ensemble, et même cet
hiver c'est ensemble que l'on a passé quelque
temps dans le Midi. Jamais rien entre eux, en venant
tendre les liens qui les unissaient, n'avait éprouvé
la solidité de ces liens... Une fois Vallonges avait
dit : « J'ai dîné hier avec une jeune personne charmante qui m'a laissé comprendre, avec des circon-

locutions chatouilleuses, que si je voulais... Est-ce que vous m'autorisez, chère Madame? » — Odette, qui était assez courbaturée ce jour-là pour avoir confiance, répondit en riant : «Je serais désolé, cher Monsieur, de vous priver de quelque chose qui vous soit agréable... Seulement tu me raconteras... » — Mais, si Vallonges avait profité de la permission, s'il en avait même étendu le bénéfice à d'autres jeunes personnes, par aubaine, il n'avait jamais *raconté* à Odette... Et, au fond (même ce soir en écrivant un bleu à Suzette), il lui était vraiment tout à fait fidèle, car il ne pensait jamais à d'autres caresses que les siennes qu'aux moments où, par occasion, il les accueillait, et cette fidélité est plus réelle et flatteuse que d'autres plus méticuleuses, mais inquiètes...

Vallonges préférait Odette sans aucune difficulté...

Ils se sont fait de gentils serments de séparation...

— Tu vas pas me lâcher au moins... dis ?... Raoul !

— Je te reprendrai à ton retour si tu es sage... dépêche-toi !

— On tâchera de lui faire prendre des raccourcis...

— Et puis dis donc... tu vas me faire le plaisir de faire attention... les voyages... c'est très imprudent... Je te prie de ne pas revenir dans une situation... peut-être intéressante... mais ça ne m'irait pas du tout...

— ... Il n'y a pas de danger ! J'emporte tout ce qu'il faut...

— Pas de bêtises !...

— Et toi, tu vas me trrrrahir !...

— Tra la la... sale bête !... Dis donc... fais au moins bien attention de ne pas...

Fallait pas compter s'écrire... Laurent ne surveille que la « correspondance », mais il la surveille bien. On se dirait des nouvelles par Jeannette Silly... et de fait Odette n'a pas écrit...

— On va être joliment longtemps sans se voir ! — a dit Georges Laurent à Vallonges la veille du départ. — A qui le disait-il !...

—

Ce crois décidément que Vallonges endormi ne rêve à rien... ni à Odette ni à Aimienne... Il est pratique, Vallonges...

Il se réveillera la tête et la bouche plutôt pâteuses...

les yeux douloureux... tout courbaturé... Faudra
de l'eau fraîche... Cette bergère est tout de même
inconfortable comme lit... vraiment inconfortable...

DEUXIÈME PARTIE

CHAPITRE PREMIER

I

Vallonges se réveille — et il est un peu étonné de ne pas se trouver dans son lit...

— Ah !... la gosse... elle dort toujours !...

Il n'ouvre pas les rideaux pour ne pas la réveiller, passe dans son cabinet de toilette, sonne Clovis. (C'est son domestique, Clovis... vieux serviteur).

—

— Quelle heure est-il ?

— Onze heures, Monsieur ! Je n'ai pas voulu réveiller Monsieur... Monsieur aurait au moins pu s'installer sur le divan... Monsieur se fatigue trop...

(Clovis a la manie de s'intéresser aux fatigues de Vallonges... Vieux serviteur.)

— C'est bien... ç'est bien...

(Quelques gouttes de vinaigre de Pennès dans de l'eau bien froide (usage externe) c'est souverain après une nuit à courbature. .)

Vallonges s'habille.

— Voici les journaux de Monsieur. Il y a une lettre... Monsieur de Kerante est venu avant dix heures... Il m'a demandé si Monsieur déjeunait ; je lui ai répondu que c'était probable... Il a dit qu'il reviendrait... Le chemisier de Monsieur a apporté sa petite note ; je lui ait dit de repasser.

— C'est bien... vous mettrez trois couverts...

— Des œufs brouillés... des côtelettes ?

— Ce que vous voudrez...

Vallonges ouvre la lettre... c'est de sa mère...

— Que me narre-t-elle, ma sainte mère ?

(La mère de Vallonges ne peut absolument pas se passer de l'épithète *sainte*...elle l'impose... c'est une « épithète de nature »...)

— « *Mon cher enfant — Tu sais que l'éloigne-*

*ment et l'absence me font juger plus justement,
mais aussi plus sévèrement, ta conduite »* ... oui...
oui... « *la vie que tu mènes »*... et dire que depuis cinq ans que nos destinées sont séparées elle
m'écrit la même lettre deux fois par semaine, ma
sainte mère !... « *Quand je te vois compromettre
ton avenir par cette liaison scandaleuse »*... Je fi-
nirai cela tout à l'heure... C'est curiéux comme
ma mère et moi nous avons des façons différentes d'envisager les choses... Pauvre Odette ! pauvre petite *liaison scandaleuse*... Je voudrais bien
avoir de ses nouvelles... Jeannette Silly revient
demain matin, elle a dû en recevoir. Je la verrai
demain soir chez Madame Stolon...

« ... Et ma gosse... que j'aille voir ce qu'elle devient, la jeune Mimi... »

———

Vallonges ouvre les rideaux... La gosse dort —
la figure dans l'oreiller. Elle a rejeté les couvertures ; l'épaulette de la chemise a glissé, découvrant
toute la gorge si jeune, si peu indiquée... une pauvre petite ligne qui se relève timidement de l'épaule
à la tache rose du sein... Elle respire lentement...
Elle est délicieuse, cette gosse, délicieuse...

Vallonges s'asseoit au bord du lit...

C'est gentil... c'est jeune... c'est frais. Cette bouchette entr'ouverte... le dessous de la lèvre supérieure qui brille, et le bord des lèvres rose clair comme... ma foi, comme des pétales de rose rose... Petites dents courtes... Délicat petit nez droit... Cils longs sur les joues rondes... Les cheveux à reflets cachent le front...

Mais c'est cette épaule mince qui est exquise, et le bras avec si peu de chair à l'attache... c'est tendre, c'est *souef*... un peu maladroit peut-être, mais si sincère et flexible...

Quelle gosse ça fait !...

Vallonges se penche, touche de ses lèvres la pointe de l'épaule... le bras frissonne. Vallonges se relève, remonte soigneusement la couverture jusqu'au menton... frappe dans ses mains. La petite ouvre l'œil, sourit presque tout de suite...

— Mam'zelle Aimienne ! il est temps de se lever !...

Elle ne bouge pas, ne répond pas, sourit un peu plus. Vallonges se penche, l'embrasse au front, elle murmure :

— Bonjour...

— Faut se lever !... Tu viendras me retrouver

quand tu seras prête... Tu n'es pas trop fatiguée?

— Pas du tout !..

— Tu trouveras tout ce qu'il faut à côté...

—

—-- Me voilà avec une famille... Y a pas, j'ai une fille ! — se dit Vallonges en s'asseyant devant son bureau. — Où est-ce que j'en étais?.. *Chapitre XXVI... D'une morale bien indulgente* ... Je dois avoir des notes là-dessus... Je...

Vallonges feuilleta.

—... Voilà. — *La vie est aussi bien une promenade dans un jardin. Cueillez des roses, cueillez des myrtes, cueillez des lauriers si vous pouvez — ne laissez faner aucune fleur, ni l'humble violette, ni la prétentieuse orchidée — ne laissez aux arbres que les fruits que vous ne pourrez pas atteindre... et, sans tant de métaphores : sachez manier l'espérance, ne mettez de prix à presque rien, tirez parti de tout, n'enchaînez votre liberté que par des chaînes légères, admirez ce que vous trouvez beau, faites assez de bien pour en être content, prenez tous les plaisirs de votre âge et de votre situation, gardez, ivrez, reprenez votre cœur selon l'occasion, et, quand vous ne serez plus présentable, retirez-*

vous à la campagne, confortablement, lisez, aimez
les arbres et les enfants, ne craignez pas la mort...

Vallonges posa la note...

—. Allons! on sonne!...

C'est Kerante.

II

— Tu travailles?... Je suis venu tout à l'heure,
on t'a dit?... tu dormais. Tu déjeunes ?

— Je déjeune...

— Tu m'invites?

— Je t'invite...

— Ah la la! Je suis éreinté ! Des courses toute
la matinée, quelle scie ! — Je trouve en rentrant
hier un télégramme de Jacques Rolfe... y aller ce
matin... très urgent. Je fais lever la jeune Marguerite à huit heures... ce qu'elle bâillait !... Quelconque d'ailleurs, cette enfant... Elle ne se doute
pas de ce que c'est, et par honnêteté elle veut y
mettre de l'ardeur...j'ai horreur de cela — enfin!...
Je la mets en fiacre ; j'arrive chez Rolfe... La petite

Brébières, naturellement. — Décidément la séparation de corps est transformée en divorce... et elle
veut qu'il l'épouse... tu penses si j'ai crié : — fais pas
ça ! ... Mais il paraît que, s'il ne l'épouse pas, après
elle n'aura plus personne à *son jour*... Devant
d'aussi puissants motifs il n'y a qu'à s'incliner,
n'est-ce pas ?

« D'ailleurs Jacques m'a déclaré que c'était Brébières qui avait tous les torts... Ce pauvre vieux
Brébières ! Il consent à ce que le divorce soit pro-
noncé contre lui à condition qu'il garde les enfants... c'est admirable !... Moi je l'ai en horreur,
cette petite Brébières... il faut toujours qu'elle se
frotte après un pantalon... Je ne l'ai vue à peu
près tranquille que lorsqu'elle était enceinte...
Jacques aura de l'agrément...

— Elle est un peu « sous l'influence de son
sexe » comme disent les organes sportifs... La
fortune est à elle ?

— Jacques n'a pas besoin de cela... tous comp-
tes faits il y perdra... Naturellement il est tout à
fait décidé, avec un tas de bonnes raisons comme
celle du *jour*... Il me faisait venir pour que je lui
conseille ce qu'il voulait... Alors, moi, je lui ai conseillé. Il l'aurait fait tout de même... Ça n'est peut-

être pas très *Tiburce* ce que j'ai fait là, mais je ne tiens pas à ce qu'elle le brouille avec moi... Alors je me suis « rendu à ses raisons »... tu aurais ri !... Il disait : « En somme, n'est-ce pas, elle s'est compromise pour moi... » Je répondais : « Evidemment ! évidemment ! »... — « Elle est... » énumération de toutes les qualités. « Evidemment ! évidemment ! » Je l'ai laissé enchanté de moi... Nous devons dîner tous les trois ensemble la semaine prochaine... Je serai son témoin... je profiterai de l'occasion pour me faire faire un autre habit... Non, mais, crois-tu ! ce Rolfe ! quel crétin ! — s'affubler de ce petit rat écorché !... Je sais bien qu'il aura la ressource de divorcer à son tour... Ah la la !

—

— C'est toutes les nouvelles ?

— C'est tout... Ah ! si... nous sommes éreintés dans la *Revue Mauve*, toi, Caublance et moi... un article de Robert Greslou ; il pousse la bonté jusqu'à intituler cela *Les Exacts*... sens péjoratif... « *Les plus beaux noms portés par les hommes sont les noms donnés par leurs ennemis* », a dit Barbey... J'ai la *Revue Mauve* dans mon pardessus...

«Voilà !... je prends au hasard : «MM. Gérard de Kerante, Raoul de Vallonges et Max Caublance ont l'habitude de faire sans cesse allusion à des événements passés, à des lieux *publics* qu'ils ne précisent pas assez pour que nous y prenions autant d'intérêt qu'eux. Nous en ressentons la même impression d'impolitesse qui choque chez les gens affligés de la manie de vous entretenir sans cesse d'amis à eux qui ne vous ont pas été présentés... »

— Ça ne me paraît pas si mal, dit Vallonges.

— Laisse donc ! avec cela que... — « Nous remarquons trop, dès lors, que ces jeunes gens attachent à leurs moindres actes une importance excessive»... Et puis les considérations sur la «méthode» naturellement... «S'ils ont véritablement une «méthode» aussi excellente, au lieu d'y faire allusion sans cesse, qu'ils nous l'exposent moins confusément... mais si cette «méthode» consiste seulement, comme il semble, à laisser venir les aventures, en se bornant, comme contribution d'activité morale, à les analyser assez soigneusement en acceptant pour en profiter le mieux possible ce que l'on ne peut empêcher... c'est assez simple et pas inédit : il n'y a pas lieu de l'étaler avec autant d'osten-

tation. » — Voilà... et puis : « Si MM. Caublance,
de Vallonges et de Kerante n'avaient pas eu la facilité de ne s'occuper à rien autre qu'à se regarder
vivre et « aimer », facilité due à quelques mille
livres de rente, des relations toutes faites, une cul-
ture intellectuelle suffisante et même un physique,
ont-ils soin de nous dire, agréable... nous voudrions bien savoir ce qu'il serait advenu de la con-
fuse phraséologie que ces égoïstes professionnels
appellent pompeusement leur « méthode » ! .. »

— « Egoïstes professionnels » me plaît — dit Vallonges. — Au lieu de me lire les articles de Greslou,
veux-tu un peu de porto ?... c'est celui que m'a
cédé Valtérier, tu sais...

— Merci... Il est parfait, ce porto... Il éclairci-
rait, j'en suis sûr, les idées de Greslou lui-même...
Et il est cependant certain que nous lui déplaisons
beaucoup... Comme il a tort... Jamais on ne fera
comprendre à ces gens-là que lorsque deux « personnes » d'un roman bavardent, elle ne sont pas
obligées — au contraire ! — à la même « tenue » idéo-
logique que si elles faisaient une dissertation pour
le baccalauréat !...

— T'occupes donc pas de ça !... qu'est-ce que
cela fait, ces articles !...

— Ça m'agace, mon cher ! .. J'ai la prétention de faire de la littérature tout à fait naturelle et limpide... Toi aussi... S'il y a des gens qui ne comprennent pas, ils nous mettent dans notre tort... Et ils sont d'une mauvaise foi !... Ils ne peuvent pas nous reprocher la « conclusion » de nos scènes... elles sont élémentaires à force d'être simples, nos «scènes», réduites au minimum... Alors ils se rattrapent sur la «confusion» de la «méthode»... c'est un mot plus général... La « méthode » ne leur paraît pas « mériter le cas que nous en faisons »... la « méthode » n'est pas « inédite »... Dieu merci ! elle n'est pas inédite ! On ne peut pourtant pas leur expliquer en note que cette « méthode » qui les taquine est justement l'aspect nous concernant de la théorie de l'*hédonisme* qui figure avantageusement dans les dictionnaires... Et la façon indécise, outrecuidante ou timide, dont nos sensibilités de vingt-trois ans l'interprètent, renseigne avec bien plus d'autorité sur sa valeur actuelle que le mieux composé des articles à la *Revue de Morale et de Métaphysique*... « Méthode » ! on dirait vraiment que ce mot écorche les lèvres... Mais si nous ne montrions pas chez les jeunes gens les théories... charmantes illustrations !... Il n'y aurait plus aucune sincérité dans nos livrets... Je sais bien que la sincérité, ils s'en fichent pas mal !...

— Comme tu es enthousiaste, Gérard !

— Je suis toujours comme cela le matin... Ils nous reprochent de prétendre à une conception méthodique de la vie alors que seulement nous « laissons venir »... Ils veulent bien reconnaître cependant que nous « analysons assez soigneusement »... Eh bien, mais c'est justement en cela que consiste la conception méthodique en question : *laisser venir en analysant assez soigneusement...* comme ça se trouve !... et je persiste à croire que si simple qu'il paraisse de « profiter le mieux possible de ce que l'on ne peut empêcher », c'est-à-dire de *jouir des choses telles qu'elles sont,* il y faut tout de même une énergie estimable — à en juger par le nombre de ceux qui s'y brisent et l'énervement même de ceux qui réussissent — et la formule vaut bien d'être rabâchée..,

— Nous la rabâchons, c'est incontestable ! — dit Vallonges.

— Quant à l'argument insidieux que si nous n'avions pas eu la facilité financière, mésologique, etc. etc. de nous regarder vivre... C'est pas la peine de

s'y arrêter... Ça ne fait pas honneur à leur intelligence... C'est de l'ordre : *Supposez que vous vous
appelliez Yau-de-Poêle et que je vous tutoie...* ... SI
j'étais né au pied de l'Himalaya, de parents indi-
gents mais honnêtes, fâcheusement atteint de
surdi-mutité congénitale et cul de jatte, il est en
effet probable que j'aurais eu une existence toute
différente... Mais comme je suis né rue Louis-le
Grand, de parents ayant réuni assez d'héritages
pour *porter des chemises pareilles*, *qu*'ayant d'a-
bord appris à lire j'ai poussé ensuite mes études
plus loin, et *que* je suis parfaitement ingambe, il
est superflu de s'inquiéter de ce *qu*'il serait advenu
si!...

— Tu n'aimes pas la conjonction *si*, dit Vallonges.

— Pas du tout ! Non... mais... ces gens m'aga-
cent... Comment ! Nous sommes d'une complai-
sance rare !... Nous nous présentons à eux, dans
nos chapitres, sans coquetterie... dans nos attitudes habituelles et avec nos mesquineries habituelles... Nous faisons « comme s'ils n'étaient pas là »...
nous ne nous gênons pas avec eux... nous consen-
tons, dût notre précieuse vanité en souffrir, à parler et à penser devant eux à tort et à travers... sans

lè chiqué « d'éviter les répétitions »... nous con-
sentons à être « ressemblants »... nous les invitons à
être, au prix le plus réduit, les *voyeurs* de toutes
ces étreintes de mots, de toutes ces culbutes
d'idées, de toute cette débauche intellectuelle généralement voilée sous la triple pudeur qu'inspire
la crainte d'avoir l'air... Et ils ne nous en savent
pas plus de gré que cela ! Ingrats !...

Kerante jeta la revue sur le divan :

— Lis ça !... Tu y apprendras que dans ton *Mu-*
sée de Béguins tu t'es cruellement complu, dans de
sèches monographies, à dépouiller de leur touchante parure d'illusions les fraîches amours des
premières années de l'adolescence... Je cite de mé-
moire...Quant à moi, dans *Charlette*... « cette idylle
pharmaceutique »... tu penses si le choix d'un tel
sujet dénote une certaine bassesse d'esprit !... on
dirait vraiment qu'ils n'ont jamais pris de santal !...

« Ah la la ! Toutes les fois que l'on parle de quelque chose « que l'on connaît », toutes les fois que l'on
ne bafouille pas au hasard du cœur comme au
hasard de la fourchette... et qu'il y a la moindre
physiologie dans quelque chose... « on se complaît » !
Je te crois qu'on *se complaît* !...

« Sois tranquille, quand tu auras publié ton ro-

man *le Métier d'Amant*, on t'annoncera que tu t'es
complu à noyer dans les injecteurs les plus nobles
aspirations de l'âme... et ne réponds pas que tu te
trouvais être plus documenté sur l'emploi des injecteurs que sur celui de l'âme... ça serait du cynisme !...

« Greslou reproche amèrement à Max Caublance
d'avoir « affecté » dans son *Un heureux amour* de
faire passer un chapitre sur deux « au lit »... il me
semble pourtant que ce pauvre lit méprisé a une
certaine importance !... Les amants, nom de nom !
ça se couche !...

— Je suis assez de cet avis — dit Vallonges en
souriant.

(Vallonges aime beaucoup les colères « littéraires » de Kerante... Ce sont les seuls emballements
de Kérante, et encore il les réserve à ses amis très
habituels. Cette après-midi, au « cinq heures » de
Charlie Mirwing, s'il y va, et si on lui parle de l'article de Robert Greslou, Kerante se contentera de
dire : — « Très bien ! Très bien !... remarquable-
ment écrit et puissamment pensé... on est heureux d'inspirer des études aussi intelligentes. »

Cela signifiera tout à fait la même chose.

Kerante reprend la revue sur le divan et la jette
sur le bureau.

— *Les Exacts* !... Ah vraiment !

— Peuh ! dit Vallonges. Nous aimons la vie comme on aimerait une maîtresse prenante, un peu « rosse et vache » au fond, mais infiniment voluptueuse et diverse, rieuse parfois, capable à d'autres heures d'agrandir ses yeux de mélancolie... ... Si Welker était là, il nous réciterait le poème de Nietzsche qui débute à peu près : « *Je viens de regarder dans tes yeux, ô vie, — à cette volupté mon cœur a cessé de battre.* »... Nous l'aimons comme une femme, cette «Vie», c'est pourquoi les plus belles images des gens qui s'occupent d'Idéal ne remplaceront jamais pour nous le plus léger croquis d'une attitude d'*Elle*... Nous voulons seulement faire des portraits d'*Elle*... comme nous la voyons.. des portraits d'une simplicité profonde, impitoyable et apitoyée...

— *Il a fort bien parlé* !... chantonna Kerante..

—Que si d'autres préfèrent, aux vrais visages émus et contradictoires des femmes, les têtes mieux souriantes ou plus « distinguées » des vitrines de MM. les parfumeurs, je ne vois pas pourquoi on les en empêcherait...

— Eh bien moi je vais écrire l'histoire d'un bon jeune homme... Il s'en ira le matin dans les champs

vérifier que toutes les marguerites aient bien quatorze, dix-neuf, vingt-quatre ou vingt-neuf pétales...
pour qu'elles répondent toujours *passionnément*
aux amoureux qui les interrogent... Je crois que
cela sera assez délicat...

— Ce qu'il y a de vraiment drôle, dans l'article de
Greslou, c'est qu'il éreinte Silvande avec nous... Il
lui reproche la « matérialité » de ses métaphores...
pauvre Pierre-Lionel !

— Si on déjeunait !

— Je crois qu'il serait temps... une heure moins
dix...

———

Vallonges entr'ouvre la porte de la salle à manger.

— Eh bien Clovis ? — ce déjeuner ?

— Je sers, Monsieur... je sers !

— Et ma gosse !... se dit Vallonges.

———

Aimienne est habillée... Elle est debout près de
la fenêtre et regarde dans le jardin trois moineaux
qui font des grâces... Elle a la figure reposée, semble plus jeune encore qu'hier soir... est-ce parce

qu'elle a simplement natté ses cheveux ?..

— Eh bien, Mimi !...

— Oh il y a longtemps que je suis prête, seulement je vous entendais causer... je ne voulais pas vous déranger...

— C'est un de mes amis qui déjeune avec nous...

— Oh ! Je ne suis pas coiffée...

— Ça ne fait rien... ça ne fait rien !... Dis donc... tutoie-moi, n'est-ce pas... j'aime autant ça...

— Je veux bien...

— Essaie voir ...

— Embrasse-moi !...

Vallonges embrasse la joue ronde tendue — ouvre la porte... fait passer Aimienne devant lui...

— Hah ! hah ! fait Kerante.

Vallonges présente très sérieusement.

— Mon ami Gérard de Kerante... Mademoiselle Aimienne X... Mademoiselle veut bien accepter mon hospitalité...

III

— Tu me demandais s'il y avait du nouveau, dit

Kerante en se servant d'œufs brouillés... Il y a les amours de Caublance... les nouvelles amours de Naral... renseignements inédits. Je ne l'avais pas aperçu depuis huit jours ; alors quand on m'a dit que tu dormais, ce matin, j'ai été jusque chez lui... Il m'a expliqué qu'il filait le parfait amour...

— Bah !

(Kerante n'aime pas beaucoup Caublance, au fond. C'est pour une « histoire de femme » : il avait retrouvé un jour dans un nouveau livre de Caublance une phrase textuelle, et ma foi fort bien, d'un ancien livre à lui...Il s'était écrié : « Ah celle-là est raide par exemple ! » — Puis il s'était souvenu qu'il avait lui-même transcrit la phrase d'une lettre amoureuse de cette languissante Madame A... Madame A... avait passé à Caublance depuis, et, comme elle gardait ses brouillons, elle lui avait écrit la même lettre...

(*Les Exacts*, disait Robert Greslou.)

Kerante avait trouvé cela « ridicule ». — Aussi ne *raiait*-il jamais Max Caublance. Celui-ci était très souple. Un jour cependant — c'était à l'époque où M. Gohier faisait des articles sur l'armée de Condé — il avait été piqué à vif d'un : « Mais vous, Caublance... avec votre nom... vous devez avoir eu des aïeux à l'émigration ? » — C'est que la transformation de son patronyme avait coûté à Caublance (né Coblentz) beaucoup de soins et pas mal d'argent.)

—Oui, reprit Kerante. Il y a quinze jours, il passait dans je ne sais quelle rue lointaine, il a eu besoin de prendre une note, il avait oublié son crayon... Il m'a raconté cela avec la plus touchante fatuité...

— Et alors ?...

— Alors il est entré dans une papeterie et il a été servi par une si gracieuse figure de femme... j'emploie ses expressions... qu'il a hésité longtemps entre la marque *Faber* et la marque *Cacheux*... Description enthousiaste... ce visage d'un ovale allongé sous les simples bandeaux bruns ! cette pure clarté des grands yeux sous les cils épais ! cette petite bouche sérieuse à peine rosée ! cette taille ronde et pleine ! ces mains irréprochables sans être belles !... Tu l'entends d'ici, ajustant son monocle, et : « Mon cher Kerante... j'eus l'impression embrumée de l'avoir déjà rencontrée...

ce teint mat, comme pâli d'avoir toujours manqué
de lumière et d'air, me tournait comme un souvenir classique... j'eus un choc : c'était tout à fait
une héroïne de Balzac! »... Enfin il achète son
crayon... rêve de son héroïne de Balzac... retourne
le lendemain acheter un second crayon... n'y retourne pas de deux jours... y retourne le troisième... la brune papetière rougit brusquement...
Caublance en choisissant son crayon lui effleure
les doigts, elle les retire — et il y a huit jours
l'ange aux crayons Faber consentait éperdument
à tout ce qu'il voulait... Rajustement du monocle,

— Voilà une jeune papetière qui sera plaquée
avant peu !

— Je le crains!... Mais pour le moment c'est
tout beau tout nouveau... Il m'a dit qu'il passe-
rait chez toi cette après-midi, Caublance, pour que
tu le documentes sur je ne sais pas quoi...

—

— Mais, dit Kerante en se servant une côtelette
— ça n'intéresse pas Mademoiselle ce que nous
racontons là...

— Mais si, Monsieur...

— D'ailleurs, dit Kerante, je ferai remarquer

que j'ai été d'une discrétion extraordinaire tout le
long des œufs brouillés, mais je n'essaierai pas
de cacher plus longtemps qu'elle m'intrigue beaucoup, Mademoiselle, avec sa natte dans le dos...
C'est une fille à toi que tu n'avais pas avouée?...

— A peu près, dit Vallonges.

— Elle est bien... elle te ressemble...

Aimienne se mit à rire.

— Seulement elle rit en sol dièze, c'est un ton
clair... je te défie bien d'en faire autant...

— Je riais comme cela à cet âge-là... Car, puisque tu désires être informé, je t'apprendrai que
Mademoiselle *n'a pas quinze ans*, comme dans la
romance... qu'elle a quitté violemment le domicile paternel, et que je l'ai trouvée cette nuit au
coin du Pont-Royal... Je l'ai bordée... j'ai été très
bien pour elle, n'est-ce pas, Mimi? — Et c'est pourquoi je dormais encore dans un fauteuil quand tu
es passé ce matin...

— C'est gentil, cette histoire-là... et alors ?

— Alors voilà... Je t'autorise à jouer au juge
d'instruction... si tu peux m'avoir d'autres renseignements. — Nous avons trois petites sœurs,
notre père est veuf et a installé à la maison sa
maîtresse qui nous fichait des gifles, nous avons

notre malle dans un hôtel, mais nous n'osons pas y retourner parce que la police nous cherche...

— Et, dit Kerante... qu'est-ce que vous comptez faire comme cela en quittant la famille?...

Aimienne répondit d'un air boudeur en regardant la nappe :

— Je peux bien travailler !... je sais coudre... je sais broder...

— Ah fichtre ! Mais savez-vous qu'avec un peu de veine et beaucoup d'habitude on se fait dans les quinze sous par jour !...

— C'est pas la peine de vous moquer de moi !... J'aurais cherché quelque chose...

— Cherchez et vous trouverez !...

— Et puis n'est-ce pas, dit rageusement la petite, si je n'avais pas pu m'arranger autrement, j'aurais toujours pu faire la noce !...

Kerante se mit à rire et Vallonges ne peut se tenir de sourire, Aimienne les regarda d'un air furieux, puis se mit à rire aussi...

— « Faire la noce » ! s'écria Kerante — il n'y a plus d'enfants !... Tu l'as bien mal élevée, ta fille !... Et comment vous y seriez-vous pris pour faire la noce?...

— Je ne sais pas, dit tranquillement la petite.

— Comment, vous ne savez pas !

— Je pense bien que lorsque les autres commencent elle ne savent pas non plus... ça ne doit pas être si difficile... et j'en ai vu qui passaient dans des voitures chics avec de belles robes et des tas de bijoux qui n'étaient pas si jolies que ça, et et vieilles... J'aurais été dans les endroits où on les rencontre... et puis j'aurais bien vu... Je sais qu'il ne faut pas se laisser mettre dedans...

— Elle sait tout ! Malheureuse enfant — vous ne savez donc pas combien il est amer, le pain du déshonneur ! Et ce qu'il faut penser de la prostitution ! — Les quelques douzaines d'habituées avec lesquelles j'ai eu le plaisir d'en causer s'en arrangeaient assez bien, mais je dois penser que ç'étaient des exceptions... et je le pense... la prostitution ! Impitoyable Minotaure !... Nous savons bien ce que c'est, nous, allez ! qui avons un article à faire tous les deux jours !... Elle veut faire la noce ! !... Dites donc, quand vous aurez une voiture chic et de belles robes et des tas de bijoux vous m'emmènerez au Bois, ça me donnera du crédit chez mes fournisseurs... Faudra aussi protéger Raoul qui vous a donné du thé et, vous a bordé dans son lit...

Aimienne prit la main de Vallonges d'un joli geste brusque, et tendrement, en souriant vers lui :

— Il a été très gentil...

Puis elle reprit son ton de voix décidé :

— Ce qu'il y a de sûr c'est que quoi qu'il arrive je serai toujours moins malheureuse qu'où j'étais...

— Donnez le café dans mon bureau, Clovis. — Mais il faudrait me le dire, Mimi, où tu étais, pour que je puisse voir ce qu'il y a à faire pour toi...

Aimienne, avec une moue, secoua la tête sans répondre.

IV

— J'aime beaucoup ce « portrait de Mademoiselle Fel », dit Kerante en s'agenouillant sur le divan pour mieux voir la photographie... Est-ce que tu ne trouves pas, continua-t-il d'un air innocent, qu'il y a quelque chose d'Odette Laurent dans la coupe du visage?.. Tu n'as pas de nouvelles d'Italie?..

— Non.

— Madame Laurent doit faire là un délicieux voyage... Encore deux morceaux de sucre, s'il vous plaît, merci...

— Ma petite Mimi, dit Vallonges, j'ai à causer affaires avec Gérard... Veux-tu aller un peu dans la chambre à coucher... Je vais te donner un livre...

— *L'Auberge de l'Ange Gardien*, dit Kerante.

— Non. Tiens... voilà un Walter Scott.

— Pas *Ivanhoe*... je l'ai déjà lu.

— Et celui-là?

— *Quentin Durward*... non, je ne le connais pas...

— Soyez bien sage! dit Kerante.

—

— Toi, tu m'embêtes, dit Vallonges en ne plaisantant qu'à moitié...

Kerante tira de grosses bouffées de son cigare pour bien l'allumer...

— « Méfie-toi, Charlotte! »... Méfie-toi, Raoul!

— De quoi?..

— De la jeune Aimienne, dite Mimi... Je ne vois pas ton acquisition d'un bon œil, moi... fâcheux sauvetage !.. Qu'est-ce que tu vas en faire, de cette gosse?

— Est-ce que je sais !..

— Voilà ce que je craignais !.. A ta place ce que je la ramènerais im-mé-dia-te-ment au coin du Pont-Royal en lui souhaitant bonne chance...

— Tu es bête !

— Mais non... je suis très intelligent. Sans cela... Veux-tu savoir ce qui va arriver, mon petit Raoul? Je suis extra lucide aujourd'hui... Tu vas t'attacher...

— Oh !...

— Ta, ta, ta...! Une gamine jolie, comme cela, et malheureuse, avec un drôle de mélange de jeune rire et de phrases âgées... Très mauvais! tu t'attendriras... Elle a de l'éducation — avoir lu *Ivanhoe*, c'est avoir de l'éducation... nous découvrirons demain qu'elle est d'excellente famille... Ramène-la donc au coin du Pont-Royal... Tu as passé la nuit dans ton fauteuil, c'est très bien,... j'admets même, parce que tu as une belle âme, que tu passes la seconde sur ton divan,... mais tu passeras la troisième dans ton lit... et alors tu te croiras des responsabilités... car je parie un verre de ton porto contre une bouteille de quinquina

Dubonnet qu'elle n'a que des idées très vagues sur ce que Fourier appelle excellemment « les conclusions maternelles de l'intrigue », ta Mimi...

« Et alors... alors tu n'oseras plus la remettre Pont-Royal... tu seras gêné, un peu, pour dire à la famille en pleurs *V'là vot' fille que j'vous ramène...*

— Le *récit de Théramène...*

— Comme dirait Silly... — Et tu tergiverseras... Ta simili : mademoiselle Fel est en Italie... tu as tout le temps devant toi pour faire des bêtises... Et j'aurais encore un camarade de collé... j'aime pas ça... La Lydie de Sylvande qui fait bandeaux à part, et la celle à Morille avec sa bouche qu'on dirait un petit village qui a brûlé... ouah!... des clous de girofle plantés dans du pain d'épice... moi ça me suffit... Elle a de beaux cheveux d'or à reflets bronze, Mam'zelle Aimienne, et je ne doute pas qu'elle ne joue fort bien du piano... mais...

— Enfin je ne peux pourtant pas la jeter à la rue!..

— Mais si tu peux! Je me tue à te le répéter!.. Remarque que c'est comme cela que ça finira... ou bien tu la rendras aux gifles de la belle-mère, ce qui sera un sale abus de confiance, et elle refilera. Tu ferais beaucoup|mieux de t'en débarrasser tout de suite... A moins que tu n'aies l'intention de l'épouser... de rompre avec Madame X... et de donner des petits enfants dodus à ta sainte mère... Préviens-moi — je n'attendrai pas le mariage de Jacques Rolfe pour me faire faire un nouvel habit... car j'espère bien que je serai ton témoin?..

— Parbleu! Seulement tout ce que tu dis là est idiot... La Madame X en question ne revient pas avant trois semaines... On a le temps de... de réfléchir en trois semaines...

— C'est bien ça!.. Tu veux occuper les trois semaines!.. Mon Dieu que les jeunes gens d'aujourd'hui manquent de sens moral... Tu me dégoûtes, tiens !.. Bonsoir, j'ai rendez-vous avec Welker pour aller voir des Degas...

— Venez tous les deux prendre une tasse de thé tout à l'heure...

— Je voulais aller chez Mirving... j'irai la semaine prochaine... Entendu pour le thé... — Est-ce que l'enfant récitera des fables?

— Tu lui en veux, décidément...

— Moi! pas du tout... elle est gentille comme tout et elle m'amuse... seulement tu auras des embêtements... alors comme c'est moi qui suis destiné à t'entendre geindre...

— A tout à l'heure.

— Méfie-toi, Raoul! Elle a lu *Ivanhoé*... tres mauvais! J'insiste : Méfie-toi, Charlotte...

V

— Il est parti, ton ami?

— Il est parti.

— Il ne me plaît pas. Il a toujours l'air de se moquer de vous...

— C'est un très gentil garçon. — Ça t'amuse, ce bouquin?..

— Je ne sais pas encore... Ça commence toujours par des descriptions, les livres de Walter Scott...

— C'est vrai qu'elle a de l'éducation! pensa Vallonges.

— Dis donc, Mimi, viens t'asseoir près de moi et causons un peu, sérieusement...

Aimienne joint les mains sur ses genoux avec

une résignation exemplaire.

— Qu'est-ce que je vais faire de toi?

— Ce que tu voudras...

— Ce que je voudrai! ce que je voudrai!.. Tu comprends, ma chérie, j'ai une vie très occupée... Je dîne rarement chez moi... Je sors beaucoup le soir...

— Tu veux me renvoyer...

— Mais non, ma chérie! mais non!.. Seulement je voudrais que tu réfléchisses... Tu t'es sauvée de chez ton père bien inconsidérément... je sais bien que ce n'est pas toujours agréable, la famille, mais... Allons bon! qui est-ce qui sonne!..

Clovis frappa à la porte...

— Entrez donc!.. Qu'est-ce que c'est...

— C'est Monsieur Caublance qui demande si Monsieur peut le recevoir...

— J'y vais. Allons, Mimi, nous causerons tout à l'heure... Reprends ton *Quentin Durward*...

— C'est comme chez papa... il venait des gens tout le temps... lorsque je lisais dans son cabinet, il m'envoyait tout le temps dans la salle à manger...

— C'est un médecin, ton père?..

— Tu brûles!

Et Aimienne rit de tout son cœur.

CHAPITRE SECOND

I

— Cher ami !

— Ça va... il y a un siècle qu'on ne vous a vu !

— Très occupé... très occupé !

Et après avoir très soigneusement posé son chapeau sur la cheminée et ses gants sur son chapeau, Max Caublance se laisse aller dans les coussins du divan avec la plus élégante nonchalance.

Le « jeune et distingué » romancier est joli garçon — trop joli garçon ; il est bien mis — trop
bien mis ; il s'exprime avec soin — trop de soin ;

et il choisit toujours des cravates trop claires qu'il noue trop bien autour de cols trop serrés... c'est pourquoi il a toujours l'air de parler avec des phrases dépareillées de ses romans ou de ceux des autres...

Mais sous toute cette afféterie on devine de la méchanceté... la méchanceté du petit garçon qui tire les cheveux de ses petites sœurs... Caublance ne déteste pas « faire crier ». Il s'en est expliqué quelque part : « Les femmes peuvent... sourire par politesse, on est plus certain de la sincérité de leurs sanglots. »

Beaucoup de talent d'ailleurs, de l' « exhibitionnisme » minutieux... Il rajuste son monocle du même geste maniéré dont il ajuste les célèbres « petits chapitres » rosses de ses romans... Il a des besoins d'argent, bientôt il « fera du théâtre » et ne fera plus que cela.

— C'est un mufle, dit Kerante, *mais* en tant que mufle il est très bien.

— Je suis venu vous demander un renseignement, mon cher Vallonges... J'ai besoin des *Boucher*, vous savez, les Boucher exécutés sur l'ordre de Louis XV pour... l'éducation du Dauphin, avant son mariage. Vous m'en avez parlé un jour... vous en avez vu des reproductions dans un album de maison de passe... Je sais qu'ils sont restés dans les greniers des Tuileries... qu'ils sont passés à l'Empereur...

— Il les avait dans une armoire, dans son cabinet de travail. Il les donna au baron Lepic qui les vendit après les avoir fait transformer... j'ai une note...

Vallonges chercha dans son cartonnier.

— Je sais qu'il y en a un chez Adolphe de Rothschild, dit Caublance... Ah mon cher! une jolie anecdote !... Je vais chez le duc d'Ormelles, l'autre semaine... Près de la cheminée, dans un petit salon, un adorable pastel de jeune fille, une merveille... je m'extasie... il me repond : « C'est un portrait de famille... une de mes grand'tantes... ce n'est qu'une copie, c'est mon ami Rothschild qui a l'original... il l'a payé un bon prix, quarante-huit mille. » — Ah mon cher, la façon dont il a dit « mon ami Rothschild » et « il l'a payé un bon prix » !... Trouvez-vous ?

— Voilà... Il y en a un en effet chez Adolphe de Rothschild... Il a été payé douze mille à la vente Crabbe — c'est le *Marché aux Bergères*... Vous savez, il y a une belle endormie qui regarde du coin de l'œil, l'autre exprime par ses gestes une certaine appréhension... Il est complètement modifié ; c'est un restaurateur qui habite rue Pigalle, près de la rue de la Rochefoucauld qui a « arrangé » les cinq sujets... comme il a pu !... c'est devenu très convenable... Un second panneau a été coupé en ovale, on n'a gardé que les deux têtes, le reste n'était pas « arrangeable »... Je l'ai vu, avec un troisième également retouché, chez une marchande de curiosités qui est installée quai de Béthune, au coin de la rue Bretonvilliers... Le quatrième est chez M. Maurice Kahn... et le cinquième a disparu... Voilà !

— Mon cher Vallonges, vous êtes précieux comme un dictionnaire...

— Vous travaillez donc, Caublance ? Kerante me racontait tout à l'heure que vous filiez le fil doré du bel amour...

— Ah ! il vous a raconté !... Une délicieuse créature, mon cher !... rencontrée justement, tenez, un jour où je faisais la chasse aux documents pour la nouvelle où prendront place vos Boucher... le quartier de l'Hôtel de Ville... il y a là un *Hôtel des Archevêques de Sens*, « construit en 1300 par les ordres de Tristan de Salazar », dit une plaque commémorative, dont je voulais prendre une description minutieuse...

— C'est votre adjectif chéri, cela : *minutieux.*

— Oui... C'est un quartier lointain, on y est tout à fait en voyage... rue du Paon Blanc... rue du Figuier. rue de l'Ave Maria... rue des Nonnains d'Hyères... Connaissez-vous la rue Geoffroy l'Asnier ?

— Vaguement...

— C'est une rue mal pavée... d'anciens hôtels d'encore belle apparence y ont reçu des destinations commerciales... *L'Hôtel de Châlons et de Luxembourg* (1625) sert d'entrepôt à beaucoup de siphons d'eau de Seltz... c'est très bien, il y a une grande porte cintrée où s'effacent des armoiries compliquées que les marchandes de siphons ont prises pour marque de fabrique... Mon cher... en face de la porte, des petites filles dansaient des rondes à perdre haleine... vous savez, des peties filles avec des cheveux déteints trop tirés, et des rubans bleus épinglés attestant leur bonne conduite... J'écoute la ronde : *Avant de nous séparer — Il faut rire, il faut rire — Avant de nous séparer — Il faut rire et s'amuser...* Je trouve ça char-

mant... je pense aux folkloristes de nos amis...
je cherche mon crayon... plus de crayon... — ça
m'a même embêté... c'était un cadeau de la petite
Madame Vernaud, un amour de crayon en argent
niellé. — Alors je suis entré dans la papeterie en
face... Et voilà... si Kerante vous a raconté...

Caublance se renverse tout à fait sur le divan...

— Voyez-vous, reprend-il, il faut étudier sur
nature, on ne peut rien imaginer... On ne se doute
pas de ce qu'il y a, comme ça, dans les arrière-
boutiques où le soleil ne fait jamais danser la
poussière, de jeunes femmes anémiques et d'une
douceur charmante... Elles ont épousé sans enthousiasme, sur le conseil de leurs parents, le bel
homme sanguin, avec des touffes de poils sur les
phalanges, ou le jeune homme scrofuleux, avec
du coton dans les oreilles, qui représentent les
deux principales variétés du petit commerçant
parisien... Elles en sont rarement complètement
satisfaites...

— Et elles lisent des romans feuilletons, dit
Vallonges.

— Vous l'avez dit... elles lisent des romans
feuilletons !... On a souvent reproché à Messieurs
les signataires de ces drames en tranches, de tra-

hir la sainte réalité... ils font mieux qu'analyser et fixer la réalité, ils l'inspirent !... J'ai noté cette déclaration d'un assassin récent : « Je ne savais comment faire, mais un soir que ma femme me lisait *la Main mystérieuse*, au moment que le marquis donne un narcotique à la sœur de la duchesse je me suis dit comme ça : je tiens mon coup »... L'auteur de *la Main Mystérieuse* peut être fier... Nous avons bien, nous autres, quelque petite influence dans des arrangements adultères, mais notre fâcheux « scepticisme » nous fait du tort comme directeurs de conscience et nous ne déterminons que la lingerie... Mais comment lire un de ces feuilletons pathétiques sans se laisser aller au doux rêve de fracturer un coffre-fort après un léger assassinat pour s'en faire cent mille livres de rente?..

« Mais les jeunes femmes des arrière-boutiques s'arrêtent surtout aux pages d' « amour ». — Ce sont des amours profondes, subites, et lyriques avec gestes... un regard, au crépuscule, sous une tonnelle, lie deux âmes pour l'éternité... les fiancés au regard loyal, souvent envoyés au bagne par un concours de circonstances qui se démêleront vers la fin, trouvent dans ce fâcheux accident une occasion parfaite d'apprécier l'inaltérable foi des fiancées au front chaste — et j'ose dire que tous les baisers ont un goût d'infini...

« N'insistons pas... songeons avec mélancolie, Vallonges, à toutes les passions inutilisées, ou si mal, qu'éveillent dans les arriè: e-boutiques les romans qui nous font sourire... Je sais bien que toutes les passionnées n'ont pas, comme Valentine, le physique de l'emploi, mais quelques-unes d'entre elles, certainement, mériteraient d'être rencontrées par un des jeunes gens qui, faisant leur principale occupation de l'étude mi...

— ... nutieuse...

— ... des diverses variétés de l'amour moderne, sont le mieux qualifiés pour jouer le rôle simple de séducteur providentiel...

Caublance rajuste son monocle...

— Les existences de ces jeunes femmes seraient sans doute bientôt « brisées »... mais elles auraient au moins connu la « petite secousse » qui vaut la peine qu'on vive...

— ... Qui vaut la peine qu'on vive ! répéta Vallonges... Je disais ce matin la même phrase à Kerante à propos de je ne sais quoi... Voulez-vous une cigarette, cher ami ?... Non ! c'est dans un article sur des peintres que j'ai mis cela... Qui vaut la peine qu'on vive !... C'est la vie qui vaut la peine qu'on vive !

— Si on s'y applique, dit Caublance.

— Mon cher, continue Caublance, ç'a été délicieux... Kerante vous a dit ?...

— Il m'a dit que vous alliez acheter un crayon par jour...

— Oui... Je voyais palpiter peu à peu ce jeune cœur timide... C'était exquis ! Au cinquième crayon je devinais qu'elle se disait en tremblant que ce jeune homme ne devait tout de même pas user tant de crayons que cela.. Au septième crayon, comme je trouvais que cela avait assez traîné, je lui ai pris les poignets en murmurant avec toute l'onction que je sais y mettre « Je vous aime ! »... elle se renversa en balbutiant : « Ah mon Dieu ! ce que je fais est mal !... » ... Des scrupules à écarter, j'adore ça... Ce fut délicieux, mon cher, d'effleurer ces petites lèvres roses, toutes tremblantes de la conviction que cela avait de l'importance... Et puis je lui donnai rendez-vous dans un des bas côtés de Saint-Germain-des-Prés... par couleur locale...

— Côté cour, ou côté jardin ?

— Ce fut très bien... Moi j'aime les situations franches et résiliables... sans cela, n'est-ce pas,

ma vie sentimentale serait trop compliquée... Je
lui expliquai que pour d'inéluctables raisons je
n'avais qu'un mois d'amour à lui donner — je lui
dis cela avec des ménagements câlins et une certaine profondeur dans le regard... mais ces façons
amoureuses non prévues dans les feuilletons la
troublèrent un peu, redevinrent feuilletonnesques
à force de la troubler. — Je ne saurai jamais quel-
les idées de fatalité compliquées se pressèrent derrière son front blanc... Elle était jolie ! !... avec
deux grosses larmes qui montaient !...

— Vous les avez bues d'un baiser ? demanda
Vallonges.

— Cela ne m'a pas semblé dans mon personnage... et puis il passait un sacristain... Et voilà !
Elle s'est appuyée à moi d'un air confiant et caressant et a dit avec une certaine simplicité : « Je con-
sacrerai le reste de ma vie à me souvenir de ce
mois-là »...

— Pauvre Valentine !

— Elle n'est pas si à plaindre ! — Je m'applique
d'autant plus à la rendre heureuse que ce n'est pas
pour longtemps... Elle a une beauté douce... ce
n'est pas la délicatesse mièvre que je préfère, mais
c'est harmonieux, et elle a de la pudeur... Il y a,

au point de vue littéraire, des choses très obscènes à faire avec la pudeur... Je pourrais m'amuser à la bien dépraver... J'aime mieux pas... Cette retenue me plaît... Elle a des grands yeux noyés où se passe très bien la petite fête des extases, et vous savez sans doute, cher ami, que les étreintes où les regards se croisent sont les plus simples...

Caublance s'étire.

— Ah ! mon cher Vallonges ! c'est une volupté fraîche comme une source dans une forêt... poésie indoue !... *Sakountala* !... il faut des épithètes pastorales, ce sont des baisers de villanelle.

— Joli, les « baisers de villanelle », dit Vallonges en souriant...

— Tiens, oui, c'est vrai... c'est pas mal ! Je le noterai.

— Littérateur !

—

— Ah ! ça... « inutile de le nier » comme dit Kerante... tout à fait *littérateur*... J'ai même trouvé dans Balzac une phrase qui s'applique à mon cas : *Ils en viendront à chercher des aventures moins pour en être les héros que pour les raconter*... Après Valentine, il faudra que je trouve une fille de cirque et de music-hall... avec des regards durs, hein?... quelque chose de très fardé, décors violents, musiques de cuivre... j'ai besoin de ça...

— Vous songez déjà à la suivante !

— Non ! Non !... j'ai encore trois semaines délicieuses à passer... je lui ai dit un mois... et huit jours... je suis strict en affaires, moi...

« Elle est gentille... je suis sûr qu'elle vous plairait... seulement je ne montre jamais mes femmes à mes amis... ce n'est pas par jalousie, c'est parce que, n'est-ce pas, quand je les lâche, c'est que j'en ai assez, ce n'est pas pour que quelqu'un me les ramène... Et puis on peut citer d'excellents écrivains qui ont eu l'air d'avoir fait le même roman parce qu'ils l'avaient fait avec la même femme... Elle est très gentille, Valentine, c'est un petit crampon timide... Elle vient à toute heure, lâchant la papeterie avec les plus classiques et stupides excuses... L'amie malade, ou le coupon d'étoffe à changer au Louvre... Elle vient le matin sous pretexte de messe ... Elle vient le soir sous prétexte de théâtre... Elle ne se lasse pas de ne pas me trouver, elle revient avec un *je ne te dérange pas* qu'elle dit d'un air sérieux de première communiante amoureuse... Oh ! et puis elle n'est

pas gênante... Quand je n'en ai pas envie je dis :
« J'ai à travailler », alors elle s'installe et regarde
le mouvement de la plume sur le papier, ou la fumée de la cigarette, se levant par intervalle pour
m'embrasser doucement... elle est patiente, heureuse d'un sourire... c'est une bonne petite fille...
elle a des phrases comme : « Tu es bon de me
laisser t'aimer »... Je lui ai appris à faire des cigarettes...

« Allons, je file... que je rentre m'habiller... tas
de visites à faire et Valentine est peut-être là... et
la pièce d'Ismaël Lévy ce soir... vous n'y allez pas ?
... On vous verra demain soir chez Madame Stolon ?

— Sais pas...

— Venez donc ! Quelle charmante femme...
Bonsoir. Merci pour les Boucher... Ah ! vous avez
vu l'article de Robert Greslou : *Les Exacts*...

— Kerante me l'a montré... ·

— C'est lui qui me l'a fait voir ce matin, il es-
furieux... Moi j'ai envoyé une carte de remerciements... Kerante ne comprends jamais qu'un érein-
tement vaut mieux que vingt échos... Bonsoir,

— Bien des choses à la jeune Valentine...

— On fera ce qu'on pourra... Bonsoir...

II

Vallonges trouve Aimienne à genoux, les deux coudes sur un fauteuil et sanglotant...

—- Qu'est-ce qu'il y a ?

— Tu veux me renvoyer !

— Mais non ! mais non... que t'es bête ! Je ne veux pas te renvoyer du tout ma chérie...

—Oh ! je comprends bien que je te gêne !... que !... que !...

— Allons ! Allons !...

— Que je te gêne !... Seulement si tu voulais seulement me garder jusqu'à ce que l'on ne me cherche plus... Je ne veux pas retourner là-dedans... Je ne veux pas !...

— Ecoute, Mimi si tu me mettais mieux au courant... je te doi.   is peut-être raison... je chercherais un moyen d'arranger les choses... je...

— Ne me renvoie pas... ne me... renvoie pas...

Vallonges la prend dans ses bras comme un enfant.

— Allons !... voyons !... sois sage !... nous avons bien le temps de nous occuper de tout cela...

— Je ne veux pas que tu me renvoies... Embrasse-moi !

Vallonges embrasse la petite joue salée de larmes.

— Ca me ferait déjà tant de peine de te quitter...
Il me semble que j'ai toujours habité avec toi...
Tu ne veux pas de moi pour ta petite fille, dis ?

— Si, si...

— Je serais si tranquille... je ne t'empêcherais
pas de travailler... je recopierais des choses pour
toi, si tu voulais... papa me faisait toujours copier
pour lui...

— Comment, copier... copier quoi ?

— Dans des livres, des choses dont il avait
besoin...

— Mais enfin qu'est-ce qu'il fait, ton père ?

— Je ne veux pas te dire qui c'est... Qu'est-ce
que cela te fait puisque tu ne me ramènes pas...
Et puis je m'occuperai de ton ménage. Au lieu de
dîner dehors tu pourras dîner chez toi... quand tu
auras à sortir je resterai à lire ou à coudre... Je ne
serai pas gênante, tu verras... il ne me faut pas
beaucoup de place, je suis si petite... Embrasse-
moi !... dis-moi que tu veux bien ?

— Ne pleure plus...

— On va commencer tout de suite, veux-tu ? —

Tu vas travailler et je vais m'installer à côté de toi avec mon livre...

Elle se lève, avec encore des marques de larmes plein son sourire, s'essuie les yeux devant la glace de la cheminée...

— Est-ce que tu me trouves jolie... Maman me disait toujours que je serais jolie... Je vais me recoiffer, n'est-ce pas?

— Non. Reste avec ta natte dans le dos... tu es plus petite fille...

Et Vallonges pense:

— Il y a moins de malentendu...

———

Aimienne se blottit sur le divan avec *Quentin Durward*.

Vallonges s'asseoit à son bureau, trie quelques notes, puis s'alanguit...

— Bah!... Je geignais de la solitude, hier soir, me voilà en compagnie... Kerante a beau dire, je ne peux pourtant pas la remettre au coin du pont, ou la conduire au commissaire... Ce que j'ai de mieux à faire pour le moment, c'est de ne pas la tourmenter.

Il la regarde; elle lit sans distraction, toute

rosée en une attitude souple, très *bibliothèque-
rose...* La jupe un peu relevée sur une cheville
mince, faisant danser au bout de son pied la pan-
toufle d'Odette...

— Si elle savait ça, Odette !... Bah... Elle
rirait, Odette ! — Elle aurait bien pu trouver moyen
de me glisser un mot, Odette ! — Ah ! elle est
comme les autres, celle-là, elle m'aime bien quand
je suis là...

(Vallonges ne s'aperçoit pas qu'il retourne avec
une gratuité cynique des sentiments qui étaient les
siens la veille...)

— C'est du propre, tout cela !... Madame
voyage avec son mari, mais on me prie d'attendre... Il y a quelqu'un !... Des compromissions,
toujours... et l'on s'étonne que nous n'*aimions* pas
comme si c'était possible ? — comme si tous ces
amours-là n'étaient pas salis avant le premier baiser par ces compromissions...

(Il n'y a pas de mot que Vallonges trouve plus
ridicule que le mot « compromission »... et il vient
de l'employer deux fois coup sur coup... ce que
c'est que de nous !)

Vallonges fait de petits points à la plume sur
une belle feuille blanche de simili-japon... Ce sont

d'abord quatre points en carré, puis un au milieu...
il essaye de faire un rond, mais c'est trop difficile
— tout à fait comme Chrysis, dans l' *Aphrodite* de
Pierre Louys... seulement Chrysis *piq... it des trous
avec une épingle d'or dans un oreiller de lin vert.*
Les temps sont changés.

Le temps passe. Aimienne lit toujours *Quentin
Durward*, et les aventures de la délicieuse com-
tesse Isabelle de Croy la passionnent... Vallonges,
pour s'occuper, flétrit l'adultère avec injustice. —
Odette n'a pas écrit, c'est incontestable... et puis,
Odette... Odette...

Il regarde Aimienne.

. — A-t-elle d'assez beaux cheveux, cette petite...
on dirait...

Vallonges trouverait des comparaisons excellentes, mais Aimienne relève la tête, leurs regards
se croisent, elle sourit. lui aussi... elle veut lui
mettre les bras autour du cou, appuie sa joue contre la sienne... Vallonges se retourne pour l'embrasser, rencontre le coin frais de la petite bouche,
recule un peu, mais elle se met à rire et tend fran-
chement les lèvres...

On sonne. Kerante et Welker.

III

— Alors voilà votre fille, dit Welker.

— La voilà. Mimi, fais nous du thé... un peu plus fort que celui d'hier soir. Quoi de neuf dans les journaux de cinq heures, Welker ?...

— Rien. Si... une extraordinaire interpellation de Vincent Ferrier sur la censure... La moralisation de la presse... Ah ! il est bien, notre leader socialiste... Au fond ce n'est pas un disciple de Karl Marx, c'est un disciple d'Alphonse Allais...

— Qu'est-ce qu'il a inventé ?

— L'inutilité de la censure, naturellement... .

—La censure est une institution admirable, dit Kerante, parce qu'elle est dangereuse... elle fait croire à la sécurité alors que précisément elle ne s'occupe guère que des œuvres qui s'adressent à un public qui ne risque rien, et pas du tout de celles qui vont influencer un public qui croit que c'est arrivé... On condamnera un jour un roman de Caublance, — il l'espère bien d'ailleurs — mais je connais un vieux jardinier en Normandie qui lit

convenablement depuis vingt ans quinze livraisons
d'une excellente publication populaire sur *les cri-
mes du marquis de Sade*... ça lui a donné des
idées fausses sur beaucoup de choses, parce qu'il
généralise...

— Enfin Ferrier a trouvé contre la censure un
argument tout à fait insensé... Il a déclaré qu'il
n'y avait pas à réprimer la presse pornographique
parce qu'elle ne corrompait que les enfants des
bourgeois... et il a développé : quinze colonnes à
l'*Officiel* demain...

— On voit bien qu'il n'a jamais pris l'omnibus
à l'heure où les jeunes ouvrières, pures fleurs du
prolétariat, s'en vont aux ateliers en se délectant
de petites brochures doucement intitulées *Chairs
en feu* ou *Spasmes et caresses*... Ca coûte deux
sous, c'est pour rien ! ça prépare les voies à ce que
Ferrier n'hésitait pas à appeler le « Minotaure de la
Prostitution... »

— Les marxistes sont fatalistes, dit Welker.

— Ils ont raison, dit Vallonges — un journal
peut *lancer* un numéro de music-hall, mais...

— Napoléon n'admettait que les journaux de
modes, dit Welker.

— « *Nous en avons soupé, de Napoléon...*

poléon! » chantonne Kérante.

—

— Quel charlatan prétentieux, ce Vincent Ferrier, reprit Kerante... l'm'dégoûte!... Cette gueule qu'il a d'apôtre blet, cette gueule d'abcès... et ces minauderies de vieille blonde... le geste de main dans les cheveux en arrière... qui laisse des pellicules dans les ongles...

— Continue, je t'en prie!...

— Il a l'air d'un Christ commandé aux Japonais par des missionnaires jésuites... Les détails sont soignés, mais les proportions n'y sont pas... Il suinte cet homme — il a les yeux pas assez cuits...

— Il ne manque pas de talent, dit Vallonges... il a quelquefois des reparties... et il a une belle rhétorique...

— Oui... Il emploie alternativement toutes les parties du discours...

—

— Il paraît qu'il est tout à fait collé avec Corinne... qu'ils habitent ensemble...

— Ah bien, ça fait une jolie paire!... Corinne!...

— D'où ça vient, ça?

— Est-ce qu'on sait ! On dit qu'elle a fait le trottoir rue Mazarine... mais quelle est la femme dont on ne dise pas cela aujourd'hui !...

— Elle a été au théâtre?

— Sous l'Empire... le second Empire, pas le premier... depuis elle a roulé... représentations à bénéfice... Elle a sali du linge et inspiré des passions... Elle a beaucoup fait pour la cause de l'idéal. — Elle a servi des *Soupes Populaires*, et il n'y a pas une affaire de chantage depuis vingt-cinq ans où elle n'ait été citée comme témoin... pour écoper de considérants fâcheux...

— Elle est sinistre, maintenant. Cette figure crépie...

— Décrépie !...

— Recrépie !...

— Accroupie !...

— Les yeux sont encore admirables... ils ont un côté *Société protectrice des animaux* étonnant... paupière lourde, regard noyé...

— Est-ce que ce n'est pas elle que Dalsace définissait « un rhume de cerveau dans un bas de soie mauve »...

— Je ne crois pas, mais ça ne fait rien... il l'appelle toujours « la lettre de faire part »...

— C'est un joli couple... *L'Abcès et la Lettre de faire part — Fable...*

— Sans morale.

— Surtout sans moralité... On dit que Ferrier a à peine attendu que sa femme fût morte pour installer la Corinne chez lui... une petite femme blonde délicieuse, paraît-il, qui l'avait épousé par admiration... là ! là !...

— Ce que j'aime dans Ferrier, c'est le côté déiste... On sent qu'il a trouvé que le matérialisme plus ou moins « scientifique » des patrons ne fournissait pas assez à la phrase... Alors il fait appel à une *Nature* sentimentale... il a introduit le dogme de la majuscule en économie politique, et...

—

Eh bien, et ce thé, Mimi ? l'eau ne bout pas ?...

Aimienne restait debout devant la table à thé, le dos tourné... Vallonges s'approche, lui passe le bras sur l'épaule... Elle tourne vers lui un visage crispé avec de grosses larmes de colère au coin des yeux...

— Qu'est-ce qu'il y a ?

— Ne dis rien... emmène-moi dans ta chambre... je t'en prie...

— Qu'est-ce qu'il y a ?

Aimienne sanglote sans presque pleurer, contre l'épaule de Vallonges...

— Que tu es donc nerveuse, ma pauvre Mimi ; — qu'est-ce qu'il y a encore ?

— Je ne pouvais pas les entendre parler comme ça !.. J'étais bien malheureuse puisque je me suis sauvée, mais ce n'est pas une raison...

— Qu'est-ce que tu dis ?... qu'est-ce qu'il y a... mon chat...

— Ce qu'ils disaient... sur papa...

— Quoi, papa ?... C'est ton père, Ferrier ? ce que tu racontais ?... ma pauv'gosse...

Tu ne me ramèneras pas, dis ?... tu ne me ramèneras pas...

— Mais non — mais non... Ne sanglote donc pas comme ça ! Ah, c'est Corinne qui te fichait des gifles...

— Papa ne savait pas, je t'assure... elle lui fait croire tout ce qu'elle veut...

— Oui, oui... Ecoute, je ne peux pas laisser mes amis comme ça — installe-toi dans le fauteuil, je reviendrai quand ils seront partis...

— Tu m'aimes un peu, dis...

— Mais oui, ma chérie, embrasse-moi...

IV

— Eh bien, vous êtes gentils, vous autres !

— Qu'est-ce qu'il y a ?...

— Elle sanglote tous les sanglots de sa jeune âme... Tu sais, Kerante... le père... la maîtresse.., les gifles... Eh bien, c'est Ferrier, le père...

— Non !...

— Si ! Alors elle vous a trouvés un peu durs...

— Et bien et elle donc... qui file ! — Ah, c'est Ferrier, le père... Je te fais mes compliments... Tu vas pouvoir te créer de belles relations...

— C'est vrai, tout cela ? demande Welker.

— Mais certainement que c'est vrai...

— Ta môme est la fille de Vincent Ferrier ?...

— Comme je vous vois...

— Elle a fichu le camp de chez lui parce que Corinne la battait...

— ...!

— Vous l'avez trouvée dans la rue et... Elle est bien bonne !... Eh bien mais qu'est-ce que vous allez en faire ?

— Ah ! ça ! par exemple ! — Si vous pouvez me le dire, vous me ferez plaisir !... Du thé, Gérard ?

— Cinq morceaux de sucre... Merci... plus de lait que cela...

— Et vous ?

— Sans sucre...

— Du lait ?

— Un nuage...

—

— Qu'est-ce que vous allez en faire ?

— Voilà ! ce matin je t'ai conseillé de la reconduire immédiatement au coin du Pont-Royal... il en était encore temps... maintenant...

— Maintenant il peut la reconduire à Ferrier...

— Jamais de la vie ! s'écrie Vallonges — Pauv' gosse ! Ce que je comprends ça, qu'elle ait filé !... Ça serait d'un mufle !

— Ce qui serait vraiment rigolo, dit Welker, ce serait que Ferrier poursuivît Vallonges en *détournement de mineure*...

Il atteint un *Code* sur les rayons et le feuillette...

— « *Article 332* », ça doit être ça. « *Si le crime a été commis sur la personne d'un enfant au-dessous de l'âge de quinze ans accomplis* »... Travaux forcés à temps, mon ami...

— Comme c'est spirituel !...

— Ce sera bien ennuyeux pour ta digne mère...

— Ah ! non !... non ! — reprend Welker — moi , je ne sais pas du tout chercher dans les Codes... Ça doit être l' « *Article 334* » ... «*facilitant habituellement la débauche et la corruption de la jeunesse de l'un et l'autre sexe...* »...

— De l'*autre* seulement, dit Kerante.

— ... « *emprisonnement de six mois à deux ans et une amende de cinquante à deux cents francs.* »

— C'est pour rien !

— Laissez donc ça, dit Vallonges, en retirant le *Code* des mains de Welker... Vous feriez beaucoup mieux de me dire ce que vous feriez à ma place...

— Je me suiciderais tout de suite, dit Kerante... avec des fleurs !...

— Je me livrerais à un léger chantage, dit Welker. — Obliger le citoyen Vincent Ferrier à se « rallier », ça ne serait pas mal... il y aurait un joli article à faire...

— Pas de bêtises, hein !...

— Mais non ! — vous savez, Kerante, Vallonges
est très inquiet...

— Il est vert... « *plus vert que l'herbe* »... ça lui
apprendra ! — Il a une amie charmante — comme
toutes les amies d'ailleurs — il a voulu la trrrahir...
c'est bien fait ! Ils ne trouvent pas assez de femmes,
ces jeunes gens, pour assouvir les passions...
qu'ils n'ont pas !... Il leur faut ce qu'il y a de plus
pur et de plus sacré sur la terre — de chastes
vierges, filles de députés de l'extrême gauche !...

— Mais...

— Ah ! N'essaie pas de nous faire croire que tu
l'as respectée...! Satyre ! Ton trouble t'accuse !...
Article trois cent et quelque !... Ton affaire est
bonne !

Welker est pris d'un fou rire...

— Je ne trouve pas ça d ôle ! dit Vallonges.

———

— Le fait est, dit Kerante, que Ferrier n'est pas
le rêve comme beau-père... car je pense que tu
n'hésiteras pas à *réparer*... ça te fera du tort, ce
mariage-là...

— Non, mais... sérieusement, Kerante, qu'est-
ce que tu ferais à ma place ?...

—Ce que je ferais, mon vieux?... Écoute : ta jeune Aimienne est gentille comme tout, elle est blonde comme feue la reine Ginevra et Madame Yseult aux blanches mains, elle a une simili-naïveté charmante, des mains exquises, et fait passablement le thé... Je la reconduirais immédiatement au commissaire de police de mon quartier...

— Mais ça serait dégoûtant ! Je lui ai promis...

— Il faudra que ça finisse comme ça ; plus tu tarderas plus tu auras d'embêtements... Ou bien ramène-la au père... ça peut être plus rigolo... je t'accompagnerai si tu veux...

— Et si elle refile...

— Ça ne te regarde plus... Méfie-toi — tu vas « t'attacher », on s'attache toujours... c'est effrayant ce qu'on s'attache facilement !

— Certainement elle ne m'est plus tout à fait indifférente, cette gosse...

— Tu es attaché !... Il est attaché !... — Le commissaire de ton quartier, je te dis, tout de suite !... Il y a encore une autre solution, c'est de la garder tout à fait...

— Tu sais bien que ce n'est pas possible...

— C'est toi qui n'as pas l'air de le savoir !

— Enfin je vais toujours la garder encore ce soir

— on verra demain.

— Aïe ! — Enfin, moi je vais faire un tour au *Palais de glace...* Vous venez, Welker...

— C'est mon chemin... je dîne du côté de l'Arc-de-Triomphe... Vous allez à la pièce d'Ismaël Lévy ce soir?

— Ah non! Je dîne avec Bertie Desborough... Et puis, c'est bien fait, les pièces d'Ismaël Lévy... ça à l'air d'être en noix de coco... mais c'est trop spécialement destiné aux adultères israélites... Je viendrai voir ce que tu deviens demain, après midi, Raoul...

— Déjeune...

— Peux pas — un oncle...

— Et vous, Vallonges, vous ne venez pas à la pièce d'Ismaël Lévy non plus?

— Je ne peux pas quitter ma gosse comme ça...

— Non! ce que tu es ridicule avec tes charges de famille!...

— Je crois que vous auriez aussi bien fait de rentrer hier par l'Avenue de l'Opéra et la place du Carrousel, dit Welker. Bonsoir...

—

— Peut-être ! pense Vallonges...

On resonne avant qu'il soit rentré dans sa chambre...

— Welker se trompe toujours de parapluie !

— Monsieur, dit Clovis d'un air grave, c'est Mlle Suzanne Pradier qui veut parler à Monsieur...

— Suzette !

(Il l'avait tout à fait oublié, Suzette !...)

— Faites entrer !

Elle entre en criant à Clovis :

— Hein ! il y a longtemps qu'on ne m'avait vue !... Tu as toujours une bonne tête, toi !

Clovis sourit de toute son âme : des amies de Vallonges, Suzette est la seule dont Clovis ait été vraiment amoureux.

CHAPITRE TROISIÈME

I

— Eh bien à la bonne heure! Tu n'as pas été trop long à te décider... Seulement tu t'es trop pressé — j'ai tout de même voulu venir dîner — mais j'ai un rendez-vous que je ne peux pas rater... tu vas être furieux...

— Ça, c'est une veine! pensa Vallonges.

— Mon Dieu! — dit-il — il se trouve que... écoutez...

— Dis donc, oui, au fait... qu'est-ce qu'il y a? J'ai rencontré en bas Kerante et Welker qui se sont mis à se tordre en me voyant... et n'ont jamais voulu me dire pourquoi...

— Il y a... oh mon Dieu ! c'est bien simple... il y a que j'ai recueilli ici une gosse que j'ai trouvée cette nuit, sur le quai...

— Tiens ! J'ai lu un roman qui commence comme ça... avec un peintre — on parle des Halles... Je n'ai pas fini parce que ça m'embêtait...

— C'est l'*Œuvre* de M. Zola... tu as eu tort de ne pas finir... ça t'aurait édifiée sur la grande peinture... Enfin ma gosse a fichu le camp de chez son père... c'est la fille de Vincent Ferrier...

— Qu'est-ce que c'est que ça, Vincent Ferrier ?

— Un député socialiste...

— Ah ! Et tu...

— Mais non ! mais non ! pas du tout ! pas du tout !.. je la garde comme ça, cette gosse, pour ne pas la renvoyer tout de suite... Si tu avais été libre on se serait arrangé... on s'arrangera — veux-tu après-demain...

— Ça va... je viendrai te prendre vers quatre heures, si tu veux, je serai dans le quartier...

— C'est entendu...

— Dis donc, si tu m'enlaçais tendrement....

— Suzu ! c'est toujours la fraise !..

— Attends que j'enlève mon chapeau...

— Je vais te l'amener, ma fille ; donne-lui de

bons conseils, hein? Elle avait l'intention de « faire la noce!.. » Elle est gentille, tu vas voir... Ote ton chapeau... Tu ne m'en veux pas?.. Tu comprends...

— Mais pas du tout, par exemple! Tu as une belle âme. Puisque, justement, j'étais pas libre... mais y avait pas moyen, tu sais... c'est ce banquier de Bordeaux qui vient comme ça par hasard à Paris... tu sais, celui qui m'avait fait aller à Biarritz... c'est déjà raide de le plaquer pour le dîner...

—

— Mimi, c'est une amie à moi qui vient dîner avec nous...

— Faut-il me coiffer?..

— Non, non... garde ta natte...

—

— Voilà la mademoiselle Aimienne en question.

— Suzette Pradier, une vieille camarade à moi... qui te donnera de bons conseils...

Aimienne sourit d'un air gêné comme tout.

— Alors c'est vous qui vous êtes sauvée de chez

vos parents... eh bien, vous avez encore eu de la chance de rencontrer Raoul... A-t-elle de beaux cheveux!.. Et vous ne voulez pas y rentrer, chez vos parents?..

Aimienne secoua la tête.

— Oh! vous avez peut-être raison... moi je sais ce que c'est... Quand maman s'est remariée, ma sœur et moi nous n'avons pas pu y tenir... Elle avait un ami qui l'a épousée depuis, j'ai deux amours de petits neveux... Mais moi... on en a bientôt plein le dos de l'atelier, et comme on gagne à peine de quoi déjeuner et prendre l'omnibus, faut que quelqu'un se charge des extras... tu te rappelles, Raoul, quand j'étais chez le vieux Lhevis, rue du 4 Septembre... C'est tout de même toi qui m'as fait lâcher les chapeaux pour aller à Montigny — et puis ça m'a embêté de m'y remettre, aux chapeaux...

Aimienne s'intéresse et s'approche. Suzette lui prend les mains...

— Seulement, vous savez, je ne conseillerai jamais ça à personne... Moi je ne me plains pas et je suis bien tranquille... Mais quand on voit un tas de gentilles petites femmes qui sont malheureuses comme tout... ou qui sont obligées de faire

les restaurants de nuit et pis que ça!.. Ce que j'en
dis, c'est pas tant pour les amants, on parle toujours de ça! — Quoi! on ne les choisit pas autant
qu'on voudrait, mais en somme ce sont les mêmes
types que d'autres femmes ont pour maris, — au
contraire on a tous les jeunes gens qui s'amusent
et qui sont très gentils... Mais c'est d'avoir toujours
des notes en retard et des billets, et jamais le sou —
oh là là! Et alors, une fois qu'on a besoin de vingt
francs, c'est fini — on se perd l'estomac à souper,
et puis les salpingites — ah! c'est pas amusant —
on s'abrutit tout à fait pour s'y faire... et puis...

Suzette eut un geste d'une extrême philoso-
phie...

— Moi, je croyais... dit Aimienne, et elle en
resta là.

— Monsieur est servi.

—

— Faut pas croire... dit Suzette. Ecoutez-moi,
je suis jolie, n'est-ce pas? —enfin je peux le dire...

— Tu peux, Suzu... tu peux...

— Je dis ça, n'est-ce pas... c'est pour faire comprendre... je sais parler, même quelquefois avec
des choses que je vous ai entendu dire à vous

autres, je les épate... je sais m'habiller et puis
maintenant j'ai des toilettes... on me connaît... j'ai
une bonne presse... Eh bien — il y a combien de
temps qu'on s'est quitté, Raoul? Quatre ans... depuis quatre ans, et en y faisant attention, je sais ce
que je vaux, et je ne suis pas gâcheuse... je ne suis
arrivée à mettre que dix-huit mille francs de côté...

— Fichtre ! si tu crois que j'ai fait depuis quatre
ans dix-huit mille francs d'économie avec ma littérature...

— Ce n'est pas la même chose... Et puis, mon
cher, — remarque que je considère que j'ai une
veine exceptionnelle, et on ne peut pas faire ce
métier-là toute sa vie, n'est-ce pas, tandis que la
littérature, plus on est vieux plus on gagne — ad-
mettons que je passe encore quinze ans à ça, c'est
beaucoup... il y a la vente... tu vois ça ne fait pas
le Pérou. — Oh, aujourd'hui lorsqu'on n'a pas la
chance de tomber sur un type qui vous place une
grosse somme... en se mariant, par exemple,— et
ça se fait de plus en plus rare... Quand par hasard
on hérite de quelque chose, la famille gagne tou
jours le procès... Ah non ! tu sais... Et puis, je te-
dis, pour une qui réussit à peu près, combien y en
a-t-il qui claquent à l'hôpital, esquintées, ou qui

finissent Dieu sait où... Ah non! il y a trop de frais,
tu sais... et puis c'est trop encombré...

— Toutes les carrières sont encombrées!..

— Et puis alors — il y a toutes celles qui sont
sentimentales, qui souffrent, qui aiment, qui se font
des idées... Alors tu penses ce que ça devient! — Il
y a une petite Germaine que j'avais connue qui
s'est tuée l'autre jour en avalant de la strychnine
pour une espèce de maître d'armes... il est vrai
qu'elle était phtisique tout à fait au bout... alors...
On est venu me demander de l'argent pour une
couronne, et j'ai été à l'enterrement — mon cher,
il y avait là toutes les femmes de la *Place Blanche*
dans leurs toilettes du soir, n'est-ce pas, en plein
jour, boulevard Sébastopol, ces robes roses, vertes, bleues, toutes sales et chiffonnées, je ne peux
pas te dire de quoi ça avait l'air — tout le monde
se retournait, j'avais envie de pleurer... Eh bien!
il y en avait des gentilles, de ces femmes qui suivaient... seulement, n'est-ce pas, elles ne peuvent
jamais se rattraper, elles prennent des habitudes
vadrouilles, et c'est fini. Comme j'étais en noir, on
m'avait mise à la place de la famille, avec la mère,
une vieille balayeuse; heureusement que j'avais
une voilette très épaisse... Ah non, c'est pas gai,

tout ça!.. passe-moi la sauce anglaise, veux-tu?..

— Papa dit que la femme doit savoir se faire respecter de l'homme! — déclara gravement Aimienne.

— Eh bien, il a des illusions, votre père!..

Vallonges ne put s'empêcher de rire...

— Tu trouves ça bien, toi, dit Aimienne, qu'il y ait des femmes qui meurent comme ça et puis d'autres qui ont trop...

— Mimi! ne nous engageons pas dans les idées générales!..

— C'est vrai qu'il y a des choses pas justes, dit Suzette, mais n'est-ce pas, c'est comme ça!..

— Il ne faut pas dire «c'est comme ça», reprend Aimienne, il faut que les femmes s'unissent. — Si vous vous réunissiez pour ne pas vouloir, ils céderaient bien...

— Tu as du sang de syndicat dans les veines!

— Ça ne serait pas pratique, dit Suzette... et puis, voyez-vous, les femmes ne se soutiennent pas entre elles — elles se débinent... il y a la concurrence...

— C'est égal! dit Aimienne.

Pendant qu'Aimienne s'occupe du café, Suzette déclare à Raoul qu'elle la trouve délicieuse :

— Et elle sera ravissante ! — Ecoute, si tu ne sais pas qu'en faire, si tu ne peux pas la décider à rentrer chez son père, donne-la-moi, je m'en occuperai — je lui donnerai des conseils, je la sortirai, je dirai que c'est ma sœur — tu comprends ? Si elle doit faire la noce, il vaut mieux qu'elle commence dans de bonnes conditions... et puis je pourrai lui arranger beaucoup de mes anciennes affaires — elle est bien élevée, n'est-ce pas, tu comprends, ça me ferait une camarade tout à fait bien — c'est très sérieux ce que je te dis là...

— Mais oui, mais oui — tu es bien gentille, je te remercie... mais ne lui en parle pas...

— Toi, mon Raoul, je te vois venir, tu vas t'y attacher à cette gosse, tu vas la garder...

— Pas du tout, pas du tout — Seulement elle ne voudrait plus réintégrer... La garder ! tu es folle... j'ai une maîtresse, moi...

— Eh bien qu'est-ce qu'elle dit de ça, ta maîtresse ?..

— Elle n'en dit rien. Elle est en Italie depuis quinze jours...

— Ah ! c'est donc ça que tu es si aimable...

— Mais non, Suzu ! — mais non.

— Sale bête !

— Tu as engraissé, Suzu...

— Tiens-toi ! voilà ta fille !

—

Sa tasse de café à la main, debout à la cheminée, sa jolie figure éclairée par en dessous avec des jeux de lumière dans les cheveux — Suzette n'a jamais été si « vermeille »... Vallonges regrette infiniment qu'elle ne reste pas...

Aimienne va près d'elle et lui demande gentiment comme une petite fille :

— Est-ce que vous permettez de vous embrasser ?

Elles se prennent par la taille... Vallonges, qui fume des cigarettes dans les coussins du divan, trouve que ça fait un groupe très bien...

— Restez comme ça, vous êtes très bien...

Suzette joue avec la natte d'Aimienne qui rit de son rire d'enfant... Suzette s'asseoit dans un fauteuil, Aimienne se met à ses pieds et pose la tête sur ses genoux — elles bavardent comme de petites pies... il est impossible de savoir de quoi elles parlent, mais elles n'arrêtent pas... Vallonges les écoute béatement. .

... Tiens ! une recette de cuisine ! c'est Aimienne qui explique :

— ... et puis, n'est-ce pas, on ajoute la vanille et le citron, on laisse reposer au frais pendant une heure et on cuit à petit feu pendant vingt minutes.

— Papa aimait beaucoup ça...

C'est Suzette qui explique à son tour :

— ... oh très simple !... en faille blanche, avec des froncillés de mousseline de soie...

Vallonges regarde la fumée de ses cigarettes... il sent qu'il y a des réflexions très bien à faire, mais elles ne viennent pas...

—

— Raoul, faut que je file. — Non ! ce que ça me rase ! — et ce qu'il est ennuyeux ! Il me parle tout le temps de ses enfants ! — Alors c'est convenu, après-demain, entre trois et quatre...

— Convenu...

— Bonsoir, Mimi, bonsoir, ma chérie — soyez sage...

— Bonsoir, Madame...

—

Raoul, dans l'antichambre, aide Suzette à entrer

les manches de sa jaquette...

— Tu sais, elle est à croquer...

— Je ne la croquerai pas...

— Oh tu dis ça !...

— Je dis ça.

— Non, quelle corvée, l'arrivage de Bordeaux !...

— Amuse-toi bien...

— Ne te paie pas ma tête — faut l'embrasser tout le temps comme une vieille médaille ! enfin n'est-ce pas, je suis là pour ça...

— Embrasse-moi — pour t'entraîner...

— Je t'assure que c'est plus volontiers...

⸺

— Qu'elle est gentille, ton amie !

— Elle te plaît !...

— Et puis elle est si jolie !

— Elle n'est pas mal...

— Tu l'aimais beaucoup, dis ?

— Je l'aimais comme ça...

Aimienne reste un peu pensive — tandis que Vallonges se dose avec soin le mélange qu'il préfère de cherry-brandy et de chartreuse verte...

— Oh je comprends bien que je te gêne ! — dit Aimienne d'un air convaincu...

— Comment, que tu me gênes ?...

— Oui... que... Mais si tu veux, tu sais.,.

Elle le regarde bien en face de son petit air sérieux.

— Si tu veux, moi, je veux bien être ta maîtresse...

— Qu'est-ce que tu dis ! tu dis des bêtises !... tu ne sais pas ce que tu dis !...

— Je ne dis pas de bêtises du tout ! Je comprends très bien que tu ne peux pas me donner ton lit et dormir comme ça dans le fauteuil indéfiniment... Tu vas me trouver sotte, mais je ne sais pas tout à fait au juste ce que c'est d'être amant et maîtresse.

— Seulement je sais bien qu'on est dans le même lit, qu'on s'embrasse et qu'on se prend dans les bras — et puis, n'est-ce pas, je m'en rapporterai à toi...

— Mimi !...

— Je te dis ça — c'est très volontiers, je t'aime beaucoup. — Si tu ne me trouves pas assez jolie...

— Mais si, Mimi, mais si... Seulement, tu comprends il faut... L'amour... c'est... il faut que...

— Eh bien nous nous aimerons — je ferai tout ce que tu voudras, tu me diras... c'est vrai, je serais même très contente de dormir dans tes bras...

Vallonges l'asseoit sur le divan, lui prend les mains...

— Ecoute, tu es bien gentille — seulement c'est plus compliqué que cela. — Pour se donner entièrement ainsi l'un à l'autre il faut avoir... il faut s'aimer tout à fait...

— Mon Dieu que c'est idiot ce que je dis là ! pense Vallonges.

C'est sans doute ce que devine Aimienne, car elle interrompt :

— Mais pourtant les gens qui se rencontrent comme ça le soir, dans les maisons où l'on soupe, ou bien dans les endroits comme les *Folies-Bergères*, où j'ai été dans l'après-midi voir la Loïe Fuller, et qui s'en vont ensemble...

— Ce n'est pas la même chose, Mimi !...

— Pourquoi ?

— Parce que...

— Je ne peux pourtant pas lui dire que c'est parce que ça me gênerait pour la rendre... — pense Vallonges.

— Je ne comprends pas pourquoi tu ne veux pas... — (Mimi a un petit air vexé maintenant).— on serait si bien à bavarder tous les deux au lit dans l'obscurité... Avec ma sœur Alice, quand on avait été trop méchant pour nous dans la journée, nous nous mettions comme ça le soir dans le même lit, nous croisions nos jambes et puis nous pleurions ensemble jusqu'à ce que nous nous endormions...

Vallonges se dit qu'en somme il sera beaucoup mieux dans son lit... puisqu'elle ne sait pas « au juste »... il se mettra au bord — le lit est assez grand...

— Ecoute — je veux bien reprendre ma place dans mon lit ce soir, et je t'embrasserai tant que tu voudras... seulement tu sais, il ne faut pas t'imaginer que ça suffira pour que tu sois ma maîtresse...

— Je sais bien qu'il y a autre chose... seulement je ne sais pas bien quoi... on m'a dit des choses différentes... tu me diras...

— Mais non, je ne te dirai pas !.... la première fois ça a une importance... il vaut mieux que nous attendions quelques jours, que nous nous aimions mieux... que...

— Pourquoi ça a-t-il plus d'importance que les autres fois, la première ?.,.

— Parce que... parce que c'est la première... Et puis il y a autre chose, Mimi... tu sais bien qu'on a des enfants... et bien, il faut faire attention que...

— Oh ça !... je sais très bien pour les enfants...
pas pourquoi on les a, mais comment — seulement
je sais que l'on n'en a que quand on veut... Papa
est vice-président d'une Ligue pour cela... il dit
comme ça qu'on ne doit pas avoir plus d'enfants
qu'on ne peut leur assurer de bonheur... Malthus,
il appelle ça... il aurait bien dû ne pas en avoir,
lui, pour le bonheur qu'il leur donne...

— Enfin voilà... embrasse-moi...

Elle appuie la tête sur son épaule et se laisse
aller... C'est un tout petit corps qu'il a dans les
bras... une des pantoufles scintille au bout du petit
pied qui joue avec... Ils restent sans bouger. Au
bout de cinq minutes Aimienne formule le résul-
tat de ses réflexions :

— Pourquoi est-ce que je ne t'aimerais pas tout
à fait...

———

— Déjà onze heures et demie !

— Si on se couchait alors...

— Oui...

— Couche-toi, veux-tu... je te rejoins...

Vallonges se promène de long en large..,

— Pourquoi pas...j'y toucherai pas, voilà tout...

je serais horriblement mal sur ce divan... Je l'embrasserai quoi ! puisqu'elle aime qu'on l'embrasse, elle a un museau tout frais — elle me racontera des histoires et elle s'endormira comme une marmotte... Il n'y a que pour Clovis... Ah, et puis zut — moi, j'ai besoin de mon lit !...

—

Aimienne est déjà au lit, blottie comme la veille, la petite épaule mince et le petit bras mince seuls hors de la couverture.

— Tu viens ?

— Je viens...

Vallonges se déshabille dans son cabinet de toilette...

Toutes réflexions faites. — Non... si — il garde son caleçon.

III

A cette heure-là, Kerante vient de quitter Bertie Desborough devant la Madeleine...

La préoccupation d'être satanique rend ce jeune anglais lymphatique insupportable... Toute la soirée il s'est lamenté auprès de Kerante sur la difficulté de trouver des *freshgirls*. A Paris... on dirait vraiment que ça lui est indispensable... Il paraît qu'il n'y a pas moyen... ça coûte les yeux de la tête, et encore on n'en trouve que *immature*... pas mûres, trop jeunes et déjà vicieuses, pas du tout ça... Tandis qu'à Londres, pour 20 ou 25 livres... Bertie avait un arrangement à forfait, avec une dame Defferies de toute confiance (Il a donné l'adresse à Kerante)... On ne risquait pas qu'elle... *Evy the black maid*... faire du chantage, vous dites en français... eh bien pour 15 livres l'une, elle s'engageait à en fournir trois par quinzaine... et à choisir parmi plusieurs, naturellement!... et plus de seize ans, entre seize et dix-sept! — et pas de demoiselles de magasins ! parce que les demoiselles de magasin !...

— « *Maxima debetur puero reverentia* »— pense Kerante. — Il ne doit pas être mal, le jeune Bertie, avec ses demoiselles pas de magasin entre seize et dix-sept... enfin !

Il fait « un temps de printemps ». Kerante s'asseoit au Weber à la terrasse et demande « un américain au vin Mariani » et des petits bleus — c'est l'heure où il fait sa correspondance... Il y a deux bleus quelconques, et dans un pneu à l'adresse de Simonne d'Omeure une entrée pour le « vernissage des chrysanthèmes ».

Sa correspondance est faite.

Il allume une cigarette et pense :

— A cette heure-ci — Vallonges... Tiens, mais en voilà une de « *freshgirl* »... J'aurais dû l'indiquer à Desborough... Vallonges gagnerait quinze louis !... Ce Vallonges! il n'y a que lui pour rencontrer la fille de Ferrier au coin d'un pont... il faut une vocation spéciale?... Il va s'exciter... ça finira mal... Oh! bah!... quand l'autre reviendra. Elle ne le *tiendra* tout de même pas, cette gosse... *Laidem habeto, dummodo Lais te non habeat...* a dit mon vénéré maître Aristippe... et puis, si on ne risque rien... *Had we never loved so kindly — Had we never loved so blindly —. Never met or never parted — We had never been broken hearted...* Et on dit que je fais des citations pour épater les gens! Je n'en fais jamais autant que lorsque je suis tout seul... Tiens v'là Sainties!

— Ah! Bonjour Gérard de Kerante! Bonsoir plutôt, car il est horriblement tard... Comment allez-vous depuis tout à l'heure...

— Ça va. J'ai passé la soirée avec votre ami Desborough...

— Ah! quel être exquis! il est si original!... Moi je viens de la pièce d'Ismaël Levy... *la Tache du Baiser.* Vous savez qu'il a voulu qu'on ne sache le titre qu'au dernier moment... Pouvez-vous me dire quelle heure il est exactement?

— Minuit et quart...

— Merci — oh c'est très bien... c'est très délicat... ça a eu un grand succès — il y avait une salle superbe...

— Il y avait quelques israélites, peut-être !...

— Oh! vous pouvez dire juifs, Kerante! ça ne me fâchera pas... ça ne me fâchera pas du tout...

— Je ne suis pas antisémite, dit Kerante agacé. Je dis: « Il y avait des israélites », parce que je suppose qu'il devait y avoir des israélites ; pour moi israélites, juifs, youpins, youtres... tout ça ça, veut dire la même chose... Je trouve israélite plus poli, voilà tout!...

— Ah ? Je... je vous demande pardon... Alors
voilà ! j'ai rendez-vous ici avec Pierre Fontaine...
Vous le connaissez...

— Non !...

— C'est un être exquis ! Si vous le voyez vous
serez bien gentil de lui dire... Ah mais vous ne le
connaissez pas... Je vous demande pardon si je
vous quitte un instant... je veux voir...

—

Maurice Sainties commence son mystérieux pé-
riple de chaque soir autour du Weber... Kerante
étudie ça depuis longtemps, mais il n'a pas encore
tout vu...

Vers minuit, Sainties semble attendre avec
anxiété une nouvelle édition de *la Presse*... il n'y
en a pas — il n'y en aura pas — mais il l'attend
anxieusement — et il inquiète le ramasseur de mé-
gots, qui se souvient, pour l'avoir lu chez M. de
Montépin, que le Duc avait cet air égaré lorsque après
avoir étranglé la petite fille de la Marquise en vue
du testament du Corsaire, il dévorait, aux Buttes-
Chaumont, les journaux du soir... Sainties entre
dans le café... puis il sort... puis il rentre... puis il
sort... puis il rentre... puis il ressort... Il arrête un

sergent de ville qui passe et le supplie de lui prêter un bout de crayon... Il fait groupe avec ces messieurs de bronze qui, sous une couche d'or adhésif, évoquent en des attitudes expressives les souvenirs les plus douloureux de notre histoire militaire... Décidément il n'y aura pas de nouvelle édition de *la Presse*...

—

— Mon cher Gérard de Kerante... je vous demande pardon... pourriez-vous me dire exactement quelle heure il est ?

— Une heure moins vingt-cinq...

— Merci. Je crois décidément que Pierre Fontaine ne viendra pas... Je vais rentrer... Bonsoir. Vous ne pourriez pas m'indiquer un joli roman à lire...

— Je rentre aussi... Bonsoir. Lisez *la Princesse de Clèves*...

—

— Merci... Bonsoir...

— A cette heure-ci, pense Kerante, mon petit Raoul... enfin ! il le regrettera — mais le remords est plus pathétique que la vertu, ce qui d'ailleurs

n'est pas sans inconvénient pour les bonnes
mœurs... Eh ! eh ! — c'est presque une *pensée*, ça...
je devrais me mettre à faire des « *pensées* »... c'est
un genre où je réussirais très bien... et puis ça
n'est pas une carrière encombrée... il n'y a que M.
Louis Depret...

« Ah ! Vallonges ! Vallonges !... *l'homme, étant
couché avec sa comparne et épouse, la doit mi-
gnarder et chatouiller, caresser et émouvoir...* a
dit maître Ambroise Paré... Après tout il est peut-
être tout simplement sur son divan...

« Moi je vais me coller au lit... Ah ! que je n'oublie pas de mettre mes petits bleus... ils pourraient
être importants !... »

CHAPITRE QUATRIÈME

I

Raoul se glisse dans le lit et reste assis...

— Eh bien, Mimi?

Embrasse-moi...

— Attends, là... mets ta tête là... Tu es bien?

Vallonges se sent profondément ridicule. — Aimienne se laisse aller — il installe avec soin une position de dessus de pendule... le bras, la tête... il est fort mal !

— Tu es bien — Mimi?

— Oui...

Et la conversation languit un peu. — Il n'y a

presque plus que la clarté du feu dans la pièce. Vallonges a mis ses jambes en biais pour ne pas rencontrer celles d'Aimienne. Elle lui a pris la main et joue avec ses doigts en souriant...

—

— Ah ! dit-elle tout à coup — si tu savais comme j'étais... malheureuse !... Elle me disait toujours que j'avais une vilaine nature et que je finirais mal... Papa, lui, il n'est pas méchant, seulement il est toujours occupé, tu comprends — il y a tout le temps des gens qui viennent, pour des syndicats, ou bien des journalistes — et puis il prépare ses discours... alors il s'enferme et il les écrit en parlant à mesure, pour voir comment ça fait, et il ne faut pas faire le moindre bruit dans la maison... On ne le voyait plus qu'aux repas, et chaque fois que j'essayais de me plaindre, il me disait que j'étais une ingrate et que je devrais être bien re- connaissante que Corinne veuille bien se charger de moi et de mes sœurs, de leurs leçons, de la cuisine, de tout... pour n'être même pas encoura- gée... — Et sais-tu pourquoi elle était si méchante, Corinne, c'est parce qu'elle était jalouse... de moi et de ma sœur Alice. — Elle est jolie, Alice; si tu

la voyais, elle me ressemble beaucoup... seulement elle a une figure fine, fine, on dirait que c'est
transparent : elle est tout le portrait de maman...
Alors tous les gens qui venaient nous faisaient des
compliments et ça rendait Corinne furieuse — elle,
elle est vieille maintenant — si tu la voyais le matin sans poudre de riz, sans noir et sans rouge,
elle est toute jaune, elle est horrible... c'était toujours ce que je lui disais, quand elle me giflait —
qu'elle était laide... alors elle me giflait encore...
elle a dans sa chambre un tas de portraits d'elle
d'autrefois — je lui disais que ce n'était pas possible, que ça n'avait jamais dû être ressemblant...
Seulement maintenant que je ne suis plus là, j'ai peur
qu'elle ne se mette après Alice, et qu'Alice lui
répète tout ce qu'elle m'a entendu lui dire... Alors
si elle la tape comme elle me tapait... comme Alice
n'est pas aussi forte que moi... Enfin ! moi je ne
pouvais plus, je ne pouvais plus...

Aimienne pleure sur l'épaule de Vallonges
comme une petite fille — des sanglots qui s'arrêtent, et puis qui reprennent, tout à coup...

— Pleure pas, Mimi — puisque c'est fini tout
ça...

— Fini, fini... est-ce que je sais ce qui va arri-

ver !... tu es bien gentil pour moi — mais... je ne
sais pas comment te dire ça... je sens bien que je
ne suis pas ici pour toujours... Et puisqu'on ne
peut s'arranger ni en travaillant ni en faisant la
noce...

Ils se sont assis tous les deux dans le lit — Vallonges la prend dans les bras, lui essuie les yeux...
elle se calme tout à coup...

— Serre-moi bien dans tes bras...

— Là...

— Oui ! — Serre-moi bien... attends que nous
croisions nos jambes, veux-tu...

— Ah! mais ! se dit Vallonges !...

C'est que c'est tout de même un délicieux petit
corps mince et frais de femme qui se blottit contre
lui... les deux genoux froids contre sa cuisse... à
travers le caleçon... un des bras frêle à sa ceinture... la petite haleine chaude dans son cou... et
les cheveux tièdes qui le chatouillent... c'est une
position où d'habitude...

Vallonges tient une des mains d'Aimienne dans
une des siennes... et laisse pendre son autre main
hors du lit... parce que... Il s'énerve... oh ! mais il

s'énerve !...

— Après tout, pense-t-il, quand je flirterais avec elle jusqu'à un certain point, il n'y aurait pas grand mal... je n'emploie pas la force...

Il met la main sur le front d'Aimienne... il lui renverse un peu la tête — elle ferme à demi les yeux. Ses dents brillent dans la bouche entr'ouverte d'un sourire un peu nerveux... les petites lèvres humides et naïves sont si tentantes !

—

...Aimienne reçoit le baiser sans fermer la bouche... elle respire un peu fort et serre ses hanches contre Vallonges... puis elle s'ouvre au baiser qui continue... s'agite un peu... Vallonges l'étreint à la taille... Il s'applique à son baiser avec le sentiment que c'est le premier qu'elle reçoit et qu'il faut qu'il en vaille la peine... Les yeux d'Aimienne battent doucement, ses genoux se serrent — le baiser devient tout à fait profond, il demeure encore frais, cependant... Vallonges raidit les épaules, il sent le cœur d'Aimienne battre plus fort contre sa poitrine... les lèvres doucement meurtries se sont mêlées, le baiser maintenant pénètre, les deux respirations sont plus pressées... Aimienne défaille

un peu, secoue la tête sans dégager sa bouch ·
puis se tend de nouveau... Vallonges commence à
être très satisfait de son baiser... ses tempes battent... les petits chocs des dents lui glissent le long
des membres... les lèvres d'Aimienne s'écrasent,
tout son visage semble se fondre dans le baiser,
lorsque ses yeux s'entr'ouvrent ils ont comme une
lueur à eux... Et ce baiser qu'elle ne rend pas,
mais qu'elle reçoit de toutes ses forces, au-devant
duquel elle revient lorsqu'il s'adoucit, qu'elle laisse
venir lorsqu'il se crispe, s'étend et se replie dans
leurs épaules, dans leurs poitrines qui ondulent
l'une contre l'autre... Vallonges s'engourdit,
ferme les yeux et ne sent plus que ses lèvres qui
peu à peu s'échauffent et se dessèchent. Aimienne
se débat sous le baiser, ses jambes se replient.
Mais il la retient — le baiser brûle, brûle... Vallonges étouffe, sa gorge se serre, tout le sang lui
saute à la tête... Il se rejette brusquement en arrière,
passe la main sur son front, tandis qu'Aimienne
reste sur l'oreiller, pâmée, gémit faiblement...

— Ah! Mimi!...

— Ah!...

Il se laisse retomber loin d'elle sur l'oreiller, mais
elle se rapproche, se pelotonne contre son épaule...

— Embrasse-moi!...

Il l'embrasse au front. Puis ils restent là, tous deux, sans bouger.

II

Vallonges conçoit vaguement qu'il est en train de faire une bêtise... qu'il est dans une mauvaise voie... que...

Il étend le bras, trouve le bouton de la lampe et refait la lumière...

La couverture a pas mal glissé — l'épaulette de la chemise d'Aimienne aussi... La gorge si jeune, si peu indiquée... une pauvre petite ligne qui se relève timidement de l'épaule à la tache rose du sein... c'est attendrissant comme une petite fleur sauvage...

Vallonges a un peu honte de son baiser de tout à l'heure... Aimienne le regarde avec de grands yeux qui clignent de petits sourires brusques... elle s'aperçoit que sa chemise a glissé et la relève un peu... elle prend la main de Vallonges et y appuie sa joue...

— Alors quoi ! se dit Vallonges...

Il éprouve le besoin de faire des raisonnements et ça l'ennuie...

— Alors quoi !... faut que je prenne une décision... Ça n'est pas que j'attache une extrême importance à... mais je me demande si j'en ai bien envie... Et puis, il est bien évident qu'après je ne serai pas aussi libre pour m'en débarrasser... c'est une question de...

« Ça serait peut-être pourtant délicieux à faire, une éducation comme ça... elle serait très... et elle ne s'épaterait pas... seulement...

—

— Alors, demande Aimienne, quand on s'est embrassé comme ça, on n'est pas encore amant et maîtresse ?

— Mon Dieu ! Mimi... tu me poses des questions auxquelles il est bien difficile de répondre... tu voulais que je t'embrasse bien fort, je t'ai embrassée bien fort...

— Ça ne t'a pas fait plaisir ?

— Mais si, ça m'a fait plaisir...

— Moi, il me semblait que j'allais mourir, que

tous mes os fondaient... Ça n'est pas du tout la même chose que les autres baisers... Mais, dis-moi, Raoul ! qu'est-ce qu'il y a encore?...

— Comment, qu'est-ce qu'il y a encore?...

— Oui. Qu'est-ce qu'on fait encore...

— Je ne peux pas t'expliquer ça comme ça, ma chérie !... Ça se fait peu à peu... On s'aime, n'est-ce pas... et puis on oublie tout le reste et on se prend...

(« Que je dis de drôles de choses !! » pense Vallonges.)

— Mais il y a d'autres choses qui font sembler, comme tout à l'heure, qu'on ne sait plus où on est?... Dis-moi?...

Vallonges ne sait plus du tout quoi répondre... Il prend la tête d'Aimienne et l'embrasse doucement dans les cheveux... cela lui semble bien et diplomatique... Mais elle se jette tout entière contre lui... les fameux croisements de jambes...

— Caresse-moi !

Il lui tapote l'épaule comme il flatterait un bon chien...

— Là !.. Là !..

Puis peu à peu la douceur de la peau le caresse à son tour, il appuie doucement la main, comme pour faire faire ronron à son chat... L'épaule cède gentiment... la main glisse à la nuque... le long des côtes... Vallonges ne pense à rien... et caresse la peau douce et chaude en appuyant régulièrement les cinq doigts l'un après l'autre, puis la paume... sa main glisse aux hanches... les reins s'enfoncent et se cambrent... Aimienne gémit un peu, et Vallonges ne pense toujours à rien... et respire largement, les yeux fermés, tout engourdi... sa main passe le long des cuisses, ses doigts se referment autour d'un petit genou froid... Aimienne se jette encore contre lui, en tendant maladroitement les lèvres... Vallonges sursaute, écarte la tête, se redresse dans les oreillers... Aimienne lui passe les bras autour de la taille, cache sa figure contre sa poitrine...

— Oh ! Raoul...

Il lui met les deux mains aux épaules pour la retirer... Et tout à coup, voilà les tempes qui battent, les lèvres sèches. Aimienne toute serrée dans ses bras... C'est très imprudent, ces exercices... elle laisse aller sa tête en arrière, avec les cheveux... les dents brillent comme tout à l'heure entre les lèvres...

Vallonges a juste le temps — mais bien juste —

de penser .

— Je vais faire une bêtise !...

Il prend les bras d'Aimienne aux poignets, les dénoue, et saute du lit... s'asseoit sur le bord en tenant toujours les poignets· fragiles dans ses mains...

— Raoul !

— Ma chérie !...

— Où vas-tu ?...

— Je... Je vais revenir. Il faut que j'aille un instant à côté... une lettre importante que j'ai oublié d'écrire...

— Oh !...

— J'en ai pour cinq minutes...

— Dépêche-toi !..

Vallonges enfile un pyjama, prend la lampe... passe dans son cabinet... se verse un verre de porto, puis un autre, fait deux ou trois tours et se jette sur le divan...

III

— ... Savoir ce que je veux, n'est-ce pas !... Ça n'est pas un métier, non plus, que de coucher avec des petites filles qui vous ont déclaré successivement que vous leur sembliez être leur frère... et qu'elles voulaient bien être votre maîtresse en s'en rapportant bien à vous... Il est évident que ça n'aurait aucun des caractères d'un viol... quelle petite masque !... Seulement, c'est le premier pas qui... Et c'est idiot — je n'en ai pas la moindre envie... Je ne demande pas mieux que de faire les pures sottises, moi, c'est comme cela qu'on fabrique de l'expérience... Mais au moins faudrait-il y être entraîné autrement que par la suite des gestes... La fatale suite des gestes... D'autant...

Vallonges allume une cigarette et la promène de la table au divan...

— D'autant que si je dois garder cette petite... il faut laisser les choses se faire plus... plus... plus esthétiquement que cela et s'y attacher d'abord davantage... la débrouiller un peu... Le tout est de savoir si ça vaut la peine de... C'est que c'est toute une affaire... ça chambardera toutes mes habitudes... et sans croire à l'éternité des tuyaux de pipe en terre... je ne peux tout de même pas raisonner là-dessus à trop petite distance... C'est toute une cérémonie civile !... Et Odette !...

« Aussi elle avait bien besoin de s'en aller en

Italie comme ça, Odette... ! »

(Coup d'œil furieux au « *Portrait de Mademoi-selle Fel* »...)

— Odette ! !... Il est évident que c'est stupide... il n'y a pas de comparaison. — Odette fait mille fois mieux mon affaire... Odette... enfin ça ne se discute même pas !... Seulement... ! Et Kerante qui me dit de ne pas « m'attacher »... Ah bien !... c'est pas ça qui est dangereux... seulement elle est là, cette gosse, elle est vraiment par trop *là*... *Moi je la regardais n'osant approcher d'elle*. — *Car le baril de poudre a peur de l'étincelle* !... On peut citer de mauvais vers lorsqu'ils sont d'un grand poète... je t'en fiche, l'étincelle !... C'est qu'elle ne demande que cela l'étincelle ?... elle a des « Et après ? » comme si on lui racontait le *Chat Botté*... Non ! quoi que je fasse, il ne faut pas le faire comme ça sans réfléchir... Il n'y a rien qui ait besoin d'être aussi sûrement décidé qu'une bêtise... Seulement voilà ! Elle va vouloir continuer maintenant... Mon Dieu ! mon Dieu ! que je suis donc ridicule ! — C'est vraiment dommage qu'il n'y ait personne là pour s'amuser. — Elle s'est peut-être endormie ?... Je ferai mieux d'attendre encore un peut avant d'aller voir...

« Et puis ça n'est pas une vie... je ne peux pas
rester éternellement chez moi à faire la bonne d'enfant! — Aujourd'hui j'avais besoin d'aller chez
Mirving pour parler à Didier... Et il y avait la première d'Ismaël Lévy... Demain je... il faut absolument demain que j'aille dîner chez Mme Stolon...
Geneviève Bressier est revenue et je n'ai pas été
la voir... Tant pis... La jeune Mimi pourra bien
dîner sans moi.. Elle est bien gentille, et puis enfin
elle est bien à plaindre, mais ça n'est pas possible
de tout changer... Je n'ai seulement pas ouvert un
journal aujourd'hui — il a fallu Welker pour...

« C'est tout de même une veine d'avoir décou-
vert le père comme ça !... Je vois la tête du grand
homme d'ici, si je m'amenais chez lui avec l'enfant
prodigue... Elle doit exagérer beaucoup... Cependant Corinne !... Enfin c'est à Ferrier de trouver
un moyen d'élever ses enfants, ce n'est pas à moi...
C'est encore des remerciements qu'il me doit... Je
le vois d'ici, préparant ses discours en guéulant
les phrases d'avance... « Non! vous ne m'empê-
cherez pas de le dire à la face de tous : sept et sept
ça fait vingt-trois! vous ne changerez pas les grandes lois de la Nature! vous n'étoufferez pas la voix
de la conscience!... » ... Il aime beaucoup cette

forme de raisonnement... Et le défilé des gens « qui
viennent pour les syndicats »!... ça doit être un
intérieur charmant !...

« Pauv'gosse!... Mais enfin il y a comme ça une
quantité de jeunes personnes qui sont malheureuses dans leurs familles... si chaque fois que j'en
rencontre une au coin d'un pont je... Faut être
juste aussi — elle dit à Corinne qu'elle ne ressemble pas à ses photographies... c'est des choses
dures à entendre pour une belle-mère dont les
débuts furent éblouissants l'année de Sadowa...
Elle doit avoir un sale caractère la jeune Aimienne...
je suis sûr qu'elle serait insupportable avant
quinze jours...

« Si je la confiais à Suzette qui en veut... ça serait très bien — ça serait ce qu'il y aurait de mieux
en somme... Mais c'est pour le coup que je serais
passible de l'article je ne sais pas combien... *facilitant habituellement la débauche et la corruption de
la jeunesse*... Détournement de mineure!...

« Elle doit dormir... Je pourrais peut-être me
glisser au bord du lit.

———

Elle dort en effet — dans la même attitude gen-

tille que la veille... une petite épaule mince seulement et un petit bras mince hors de la couverture,
un joli bras d'enfant aux lignes effilées... Seulement elle s'est endormie en travers du lit — il n'y
a pas moyen de ne pas la déranger...

— Ah zut! dit Vallonges.

Il prend un plaid de voyage... s'étend rageusement sur le divan, s'enveloppe, bouscule les coussins...

— Ah!... et puis j'en ai assez!...

... ferme l'œil et s'endort...

TROISIÈME PARTIE

CHAPITRE PREMIER

1

— Comment ! Est-ce que ma mère va se mettre à m'écrire tous les jours !..

Il y a encore une lettre de Mme de Vallonges dans le courrier de Raoul ce matin.

« Mon cher enfant. Tu sais si je t'aime et si tu es ma seule préoccupation...

« Il faut que je te parle sérieusement, car tu compromets ton avenir, et mon devoir est d'intervenir et de te conseiller...

« ... J'ai appris indirectement que la personne avec laquelle tu as des relations si coupables et si dangereuses est absente de Paris en ce moment. Je t'en conjure, profite de cette occasion pour la quitter...

« ... Tu pourrais, par exemple, partir en voyage de ton côté. — Je serais heureuse de t'offrir le voyage en Ecosse que tu désirais faire... »

Machiavélique, ma sainte mère! s'écrie Raoul. — Eh bien, elle tombe bien!..

Il ne lit pas la fin de la lettre.

Vallonges est de mauvaise humeur, ce matin. Ces nuits sur le divan le courbaturent.

Lorsque, réveillé, il est entré ce matin dans sa chambre, il a trouvé Aimienne endormie dans la même pose enfantine toujours — (toute perdue dans ses cheveux défaits, la couverture ramenée jusqu'au menton, une petite épaule mince seulement et un petit bras mince dehors) — mais ce spectacle a beaucoup perdu pour lui de son charme... Il s'est habillé avec l'intention de sortir... et s'il n'avait pas Silvande et Morille à déjeuner, il se découvrirait certainement un rendez-vous auquel il ne pourrait manquer... Enfin!..

—

— Clovis!

— Monsieur?

— N'oubliez pas les œufs à la coque, le pain grillé et le lait bouilli de M. Silvande.

— J'y pensais, Monsieur..., j'y pensais.

—

Vallonges s'asseoit devant sa table à écrire...

Ce Prince de Ligne est un homme charmant... Vallonges s'occupe de lui une petite heure... (c'est ce que l'on appelle « une bonne journée de travail »).

Il a la flemme... une flemme grognon... Et il dirait volontiers : « Ces cigarettes ne valent rien ! » — s'il n'était incontestable que ce sont les mêmes qu'hier...

On sonne.

—

— Tiens, c'est vous, Silly?

— Oui. Je passais. Je suis monté vous dire bonjour. Et puis ma femme, qui est revenue hier, veut absolument vous voir ce soir chez Mme Stolon... une commission de Mme Laurent, je pense...

— J'ai l'intention d'y aller... J'y dîne... Quoi de neuf?

— Rien. Me suis fait enfiler hier aux courses. . 374 fr. 75. — Navrante précision! Arrivé second quatre fois de suite... et d'une façon désolante avec Djalika qui succomba sur le poteau — à 8! — après une lutte que je n'hésitai pas à trouver homérique!.: Ah, si elle avait tiré un peu la langue!..

— La triste tape, alors...

— Je me suis réjoui cependant... comme nationaliste. Le cheval anglais Lolotte, à M. Durand, seul partant étranger! n'a pas achevé le parcours. « Vive la Nation! » comme il est dit dans *la Vivandière*... Quant aux gagnants, Milk, au prince Chéroff, et Djalika, à lord Steamboat, ils appartiennent heureusement à la catégorie des chevaux dits « français » — et c'est l'essentiel... au point de vue de l'élevage français...

— Tout va bien... une cigarette?

—

— Dites donc...

— ...?

— · Qu'est-ce que c'est que cette histoire de petite fille que Welker m'a racontée ?

— Elle est dans ma chambre... Elle dort.

— Vous ne vous refusez rien... des petites mi-
neures en grève!..

— Mes moyens me le permettent.

— Mais qu'est-ce que vous allez en faire ?

— Navail répondrait : un roman.

— Elle est gentille?

— Voulez-vous que je vous la cède?

— Pas possible. Nous avons déjà un chat. Kiki
serait jaloux. Je me sauve... je vais passer à la
salle d'armes...

— Mais puisque ça ne vous fait pas maigrir...

— A ce soir.

— A ce soir.

— Ah! se dit Vallonges, ils m'embêtent à venir tous me demander « ce que je vais en faire »!
Est-ce que je sais, moi! — J'ai des envies de la
fich'dehors avec des adjectifs... des vilains adjectifs... Ça ne peut pas durer!

Vallonges est de mauvaise humeur, ce matin.

—

— Je voulais venir de meilleure heure voir comment tu avais passé la nuit, dit Kerante en met-

tant ses gants dans son chapeau sur la cheminée,
mais j'ai reçu le bouquin de Fabert sur *Cicéron
et les idées modernes* — joli sujet! — et je suis
resté à le feuilleter... un esprit plein d'imprévu, ce
Cicéron... *De toutes les passions de l'âme* — dit-il
dans les *Tusculanes* — *il n'en est pas certainement de plus violente que l'amour...* — Il fallait
qu'il en fût bien sûr pour écrire *certainement*...
D'ailleurs trois choses, ajoute-t-il, détournent cependant de l'amour : « *La satiété, la honte, la réflexion...* » quel crétin!! — Mais...tu as passé une
bonne nuit? —

—Sur le divan..., dit Vallonges d'un air morne.

— Ah fichtre!..

(Kerante rit, ce qui n'est pas gentil.)

— Mon pauvre Raoul! ça ne peut pas durer!..

(Ça ne peut pas durer! — c'est bien l'avis de
Vallonges. Ça a été son avis hier soir, et chaque
fois qu'il s'est réveillé de travers sur son divan cette
nuit, et toute la matinée, et tout à l'heure encore
après le départ de Silly... Mais il n'aime pas la
façon dont Kerante lui a dit cela... Il a trop mal
dormi pour supporter la moindre *façon*, même de
Kerante — et le démon de la contradiction s'em-
pare de lui...)

— Et pourquoi ça ne pourrait-il pas durer?..

— Comment?.. mais parce que...

— Eh bien je songe justement à ce que cela dure, mon cher... à garder la gosse tout à fait et à essayer d'en faire quelque chose... et à...

(Vallonges parle un peu vite, pour s'expliquer aussi à lui-même toutes ces choses nouvelles — il développe — et il continue...)

—... et ce ne serait pas déjà si bête... Crois-tu vraiment que la vie fausse que je mène et que tu mènes et que nous menons tous soit le rêve?.. Est-ce que tu n'as jamais pensé à un bonheur tranquille, sans sortir de chez soi, sûr, blond, gai...

— N'en jette plus!..

(Mais Vallonges « en jette » encore.)

—... Cette petite que j'ai rencontrée par hasard... il faut toujours avoir le plus grand respect pour le hasard... C'est peut-être justement... Pourquoi pas?.. Elle est jolie; elle le sera davantage une fois arrangée... Elle est assez intelligente... Il y a eu assez de romanesque dans notre rencontre — elle m'aimera sans doute... Pourquoi n'essaierai je pas de cette chance de bonheur?.. chance simple... moins définitive que le mariage, et...

(Vallonges continue comme cela pendant cinq ou six minutes au moins.)

— Veux-tu me permettre de t'interrompre un instant? dit Kerante...

— Quoi?

— Tu es tout à fait ridicule...

— Gérard!

— J't'assure. Je me sauve. On te voit ce soir chez Mme Stolon !

— Non. Je ne sais pas. C'est-à-dire... si... j'irai probablement..., Mais je n'aurai pas le temps de passer te prendre au Weber avant d'y aller...

— Bonsoir. Tu sais, je maintiens : tu es tout à fait ridicule — il est inutile de le nier...

Et Kerante reprend son chapeau et ses gants.

Vallonges se jette dans un fauteuil : ce Kerante est insupportable...

Vallonges ne pensait pas un mot de ce qu'il disait lorsqu'il a commencé tout à l'heure... et maintenant... Il rêve à des « *Pourquoi pas?* »... Pourquoi pas!.. Cette petite Aimienne... puisque Odette est là-bas... Elle était gentille cette nuit... c'est lui qui est un serin... Pourquoi pas !

Il examine diverses circonstances sans impartia-
lité...

— Pourquoi pas!

Et d'autres sans indulgence...

— Pourquoi pas!

S'il emmenait Aimienne faire le voyage en
Écosse que propose sa mère... et après on verrait.
Ce ne serait peut-être pas tout à fait remplir les
intentions de cette sainte mère, mais enfin...

— Car enfin... — reprend Vallonges pour lui-
même.

(Ah, Odette! Odette!.. Odette, vous n'êtes pas
là!)

— Pourquoi pas?..

II

... P.-L. Silvande, qui a été si en retard que
Clovis a exigé que l'on se mette à table sans l'attendre, explique, en cassant son second œuf à la
coque, tandis que les autres pèlent des bananes,
la mesquinerie de « la vie qu'on mène »...

On s'aperçoit bientôt que c'est parce qu'il a feuilleté la veille des voyages arctiques...

— Ah ! s'écrie-t-il, le vrai pays du rêve et de la couleur irréelle... Avec les froides ombres bleu foncé sur les champs de glace éblouissants, les lueurs roses de la banquise, et les étoiles... et le silence est profond. Ah ! c'est le pays merveilleux qui unit la beauté à la mort, c'est...

— Si vous partez, je vous accompagne, dit Morille.

— Pourquoi pas?

Et P.-L. repose sur la table le verre de lait qu'il venait de se verser.

— Pourquoi pas ! ces hommes qui...

— Lionel, dit Vallonges, ne t'excite pas... jamais tu ne pourrais te procurer là-bas tes œufs à la coque et ton lait... Je me suis laissé dire par les spécialistes que l'on se nourrissait, pendant les longs hivernages aux couleurs irréelles, de graisse d'ours crue — c'est tout à fait contraire à ton régime...

Silvande haussa les épaules.

— Ça n'empêche pas que la vie qu'on mène est honteuse, conventionnelle, sans flamme et sans héroïsme... Ainsi, pour prendre un exemple, l'amour...

— Ton « pour prendre un exemple... » me plaît.

— Est-ce que tu trouves que l'amour est ce qu'il devrait être?..

— Ça c'est vrai — approuva gravement Morille — l'amour...

Il n'en dit pas plus long pour le moment sur l'amour, parce que l'on quittait la salle à manger.

.   .   .   .

.   .   .   .

Ici s'arrête le manuscrit de Jean de Tinan.

Les derniers chapitres en furent écrits pendant les crises douloureuses de la terrible maladie qui devait emporter cette belle intelligence. Huit jours avant de s'en aller pour jamais, notre ami travaillait encore à son livre. Et il y a un contraste poignant entre la jeune impétuosité de ces pages et la souffrance désespérée de celui qui les traçait.

Il reste très peu de notes sur la dernière partie d'*Aimienne*. D'après un plan des chapitres et quelques explications données au cours d'inoubliables conversations, nous pouvons cependant en indiquer le dénouement. Que la sécheresse de ces quelques lignes fasse regretter davantage les chatoyantes images de la vie que Jean de Tinan aurait fait passer devant nos yeux.

Raoul de Vallonges commence à se rendre compte des embarras de sa situation. La soirée chez Mme Stolon se passe non sans que des amis complaisants aient fait de nombreuses allusions au « détournement de mineure ». En rentrant chez lui, Raoul trouve l'enfant couchée, endormie sur son Walter Scott, et son dernier monologue nocturne (« Encore le divan, zut ! ») n'est plus du tout en faveur de sa jeune protégée.

Au matin, un télégramme d'Odette le réveille. Elle lui annonce son retour pour le soir. Voici donc enfin la solution rêvée ! Il faut se débarrasser d'Aimienne au plus tôt. La veille, Kerante, avait renseigné Vallonges sur les vaines recherches de Ferrier pour retrouver sa fille. On la lui ramènera donc ! Le *Paris-Hachette* renseigne sur l'adresse du leader socialiste : quai d'Anjou. Vallonges s'y rend en hâte et trouve le ménage tel que le lui avait décrit Aimienne. Ferrier, au lieu de se réjouir du retour de sa fille, recommence au bout de deux minutes son œuvre de propagande sur cet auditeur fortuit. Et tandis qu'en fiacre on roule vers le Weber, c'est une telle avalanche de phrases ronflantes et creuses que Vallonges, accablé, se tait dans son coin. Tout y passe, la théorie de Laplace et de l'harmonie sociale, la délivrance du prolétariat et les mensonges démagogiques, tout sauf la reconnaissance et la joie d'avoir retrouvé l'enfant. La scène continue devant l'ahurissement des amis attablés au Weber. Vallonges, qui est rentré, ramène Aimienne désolée. Le tribun se dresse, bénisseur au milieu des jeunes gens, et l'on se quitte après quelques paroles plutôt froides.

A dix heures du soir, Odette Laurent revient avec son mari. Furtivement, à la gare, Vallonges peut lui glisser quelques mots à l'oreille :

« — J'ai eu des nuits ridicules.
— Tu viens demain ? répond Odette.
Et Vallonges, avec un cri de bonheur :
— Si je viens ! »

Et ainsi, après ce court intermède, l'intrigue, à peine abandonnée, reprend comme par le passé, puisque aussi bien, dans la vie, tout continue sans cesse. Les évènements se nouent et se dénouent, sans jamais s'interrompre, à moins que la mort n'y vienne mettre une brusque fin.

H. A.

Voici maintenant les quelques notes que nous avons pu retrouver :

[*La soirée chez Mme Stolon.*]

« Pas d'événements dans ma vie, Madame. — Si on peut dire ! — Tenez on a supprimé l'horloge pneumatique en haut de la rue Royale et cela me trouble infiniment. J'y regardais l'heure deux ou trois fois par semaine en allant chez Silvande ».

—

Un prélude de Chopin.
— La main gauche oscille sur deux doigts presque fixes, le pouce touchant les notes éloignées — la main droite court sur le clavier haut.

Les gammes — (Métaphysique du mouvement).
L'air d'église de Stradella.
La marche nuptiale de Grieg.
Sonates pour violon de Corelli.

★

[*Modeste romance à la façon de messieurs les
poètes-chansonniers de Montmartre — pour être
chantée sur un air anglais — séparée duquel ladite
romance perd alors tout son charme.*]

Si tu veux,
Tu ne s'ras jamais ma maîtresse !
Si tu veux,
Nous n'aurons que de pur's ivresses !
Baiser tes yeux...
Baiser tes cheveux...
Avec des serments langoureux...
Comm' les amoureux.

Suivez Mesdames et Messieurs !

Si tu veux,
Puisque t'es dev'nue ma maîtresse !

Si tu veux,
Puisqu'on a eu cette faiblesse !
Qu'on est heureux...
Trois fois ou deux...
On pourait compliquer un peu
Comm' les amoureux.

Si tu veux
Délir ! Extase ! ô ma maîtresse !
Si tu veux,
Sainte fureur ! Folles ivresses !
(Rires nerveux...
Sanglots radieux...)
Nous en mourrerons tous les deux
Comme les amoureux.

Si tu veux
Je v lis prendre une autre maîtresse !
Si tu veux
J'ai un peu soupé d'tes caresses !
(J'ai trouvé mieux...
Ça s'rait trop d'deux...)
Je reste ton ami, crois-le...
Comme les amoureux.

★

[*Le Quai d'Anjou.*]

Au terre plein près du quai Bourbon, des enfants jouent sur des tas de sable.

—

Le passage à la Morgue.

—

Sur la Berge : Les chalands, les lavoirs, les matelassières, les pêcheurs à la ligne.

—

L'Hôtel de Lauzun.

—

Des fenêtres de S. : l'impression d'habiter une ville ancienne avec là-bas — le long de la Seine, Bercy, etc... une ville de commerce et lointaine. D'ailleurs, impression générale d'éloignement mélancolique.

—

Le Jardin des Plantes et le snobisme de la mélancolie : les animaux... les gens. Les seins pauvres et la tristesse de leurs veines bleues sous la peau grise. Les fillettes qui n'ont déjà plus que les beaux yeux dans la figure fanée ou presque fanée,

ou fraîche encore, avec la bouche déjà lasse et le
cou trop frêle.

La grille forgée et la terrasse au-dessus.

★

[*Une phrase de Vincent Ferrier.*]

Evidemment le prolétariat ne veut plus se tenir
à des formules générales. Il a, sur l'évolution de
la société, une conception d'ensemble; et l'idée
socialiste éclaire devant lui le chemin. Mais il veut
aussi connaître à fond et jusque dans les moindres
ressorts, le mécanisme des grands événements. Il
sait que s'il ne démêle pas les intrigues compliquées de la réaction il est à la merci de tous les
mensonges démagogiques...

ACHEVÉ D'IMPRIMER
le vingt-quatre juin mil huit cent quatre-vingt-dix-neuf
par
Lucien Marpon
128, rue d'Alésia, 128.
Paris.
pour le
MERCVRE
DE
FRANCE

www.ingramcontent.com/pod-product-compliance
Lightning Source LLC
Chambersburg PA
CBHW070511030726
47503CB00004B/1240